Préface

Bien que les deux courtes œuvres de Balzac réunies dans ce volume aient été publiées la même année (1830), leur contenu narratif, leur genre et leur ton paraissent tout d'abord suffire à les distinguer nettement l'une de l'autre.

El Verdugo relève du récit historique à la mode à cette époque, et s'inscrit plus précisément dans le nombre immense des fictions inspirées par les guerres napoléoniennes : en 1809, sur la côte nord de l'Espagne, des patriotes attachés au roi légitime Ferdinand VII échouent dans leur tentative de faire disparaître jusqu'au dernier homme la garnison française qui occupe leur citadelle ; ils sont exécutés, y compris la famille noble inspiratrice de leur rébellion — seul survit le fils aîné, désigné comme bourreau (*verdugo*, en espagnol). Bien loin de cette courte prose, horrible par son dénouement mais d'une écriture relativement sobre, *L'Élixir de longue vie* publié neuf mois plus tard apparaît comme le modèle du conte romantique exacerbé. Balzac y donne sa version du personnage satanique de don Juan : fils révolté d'un père trop indulgent, Juan Belvidéro lui vole, afin de la réserver à son usage, une fiole remplie d'un onguent magique de résurrection et de jouvence corporelle ; lorsqu'il meurt lui-même, son fils rate à demi l'opération, ouvrant ainsi la voie à un dénouement aussi horrible, si l'on veut, que celui d'*El Verdugo*, mais chargé d'un comique fantastique particulièrement grinçant.

Une autre différence peut être distinguée à partir des

sources des deux textes. Grâce aux chercheurs balzaciens, celles de *L'Élixir de longue vie* sont connues : la première est un conte publié en 1715 par le célèbre périodique anglais *The Spectator*, et dans lequel l'écrivain irlandais Richard Steele (1672-1729) raconte l'*Histoire de Valentin, fameux chimiste allemand, et du secret qu'il avait trouvé pour redonner la vie aux morts* ; Balzac connaissait ce texte par une adaptation anonyme, « L'élixir d'immortalité », publiée en 1805 dans l'*Almanach du prosateur*, volume emprunté par lui à la Bibliothèque royale en juillet 1829. Le réemploi d'éléments du récit de Steele dans *L'Élixir de longue vie* était assez visible pour qu'aussitôt Amédée Pichot, bon angliciste qui n'aimait guère Balzac, le dénonçât, sans le nommer, comme plagiaire. Son article, qui contient des attaques transparentes contre les « digressions à la don Juan » du « dernier venu » de ses adaptateurs, est publié dans le *Mercure de France* du 30 octobre 1830, soit six jours seulement après la parution du conte de Balzac ! La seconde origine de *L'Élixir* est un projet du début de la même année 1830 : Balzac devait écrire avec Eugène Sue et un troisième compère, Pittaud de Forges, un drame pour le théâtre des Nouveautés, *La Vieillesse de don Juan, ou l'Amour à Venise* ; ce projet lucratif fut abandonné après que la mort du père de Sue, en avril, eut assuré à ce dernier un confortable héritage[1] ; Balzac décida alors de combiner le thème de l'élixir trouvé dans l'*Almanach* de 1805 avec l'image préexistante de don Juan sur laquelle il voulait travailler ; quelques détails complémentaires furent puisés dans *Les Élixirs du diable*, roman du célèbre E.T.A. Hoffmann, publié en traduction française sous un pseudonyme au début de 1829.

Alors que l'enquête, on le voit, permet d'identifier l'origine de l'ensemble des matériaux qui ont servi à

1. Sue exploita sa part des notes prises en vue de cette pièce dans une longue nouvelle espagnole, *El Gitano*, publiée en quatre épisodes par *La Mode* (21 et 28 août, 4 et 11 septembre 1830).

construire *L'Élixir de longue vie*, on ne connaît en revanche aucune « clé » satisfaisante d'*El Verdugo*, sinon, peut-être, une source flamande, mais qui ne peut être qu'indirecte et partielle [1]. Pourtant, à en croire Balzac, cette nouvelle semble trouver son origine dans un épisode réel puisqu'il affirme y avoir changé les noms afin de ne froisser nulle susceptibilité. Bien qu'il puisse s'agir là d'un artifice de conteur, on est tenté de penser que si son sujet vient bien de la réalité, il peut lui avoir été fourni par l'écrivain espagnol Martínez de la Rosa (1787-1862). Balzac connaissait bien cet homme politique qui, en 1829, date de rédaction d'*El Verdugo*, était ambassadeur d'Espagne à Paris ; c'est à lui qu'il dédicaça l'œuvre lors de la réédition de 1846 ; dans sa jeunesse, Martínez, hostile à l'occupation de son pays par les armées napoléoniennes, avait cherché à favoriser l'entrée des Anglais en Espagne par un débarquement qui est évoqué dans le texte ; enfin, physiquement, Juanito de Léganès, le héros du dénouement du récit, ressemble à Martínez, petit, laid et pourtant plein d'allure — comme le Macumer des *Mémoires de deux jeunes mariées* (1842), autre personnage espagnol inspiré du même modèle.

La piste fournie par Martínez de la Rosa présente en outre l'avantage de permettre de souligner entre les deux textes une troisième différence, qui tient à leur année de publication. Ce millésime commun de 1830 joue en effet, si l'on ne précise pas davantage, le rôle d'un leurre. Fin janvier — moment où *El Verdugo* est imprimé dans *La Mode* —, nous sommes sous la Restauration ; c'est encore Charles X, le dernier roi Bourbon, qui règne. Balzac, en peignant avec une sympathie certaine le noble comportement d'une famille monarchiste attachée à son souverain légitime Ferdinand VII,

1. Voir la Bibliographie, p. 93.

qui est lui aussi un Bourbon[1], s'exprime de façon à plaire aux abonnés de cette revue proche du pouvoir et qui, après la révolution de Juillet, allait prendre violemment parti contre le nouveau roi Louis-Philippe d'Orléans. Ce n'est d'ailleurs pas le moindre intérêt de ce texte, car à ce moment-là de sa carrière Balzac est encore nettement libéral, c'est-à-dire hostile à l'absolutisme des Bourbons ; on peut penser qu'il s'adapte avec réalisme à la tendance idéologique d'une revue nouvelle (elle paraît depuis début octobre 1829), qui réussit, et où lui-même vient de commencer à publier (*El Verdugo* est seulement sa deuxième contribution à *La Mode*).

Le cadre dans lequel *L'Élixir de longue vie* vient s'inscrire, fin octobre 1830, au sommaire de la *Revue de Paris*, est tout autre. Les barricades de juillet ont renversé l'ordre ancien et, si la république n'a pu renaître (1793 effraie encore bien trop), le roi « citoyen » qui vient de monter sur le trône fait tout pour se rendre aimable ; il a, notamment, dès son arrivée au pouvoir, supprimé la censure sous toutes ses formes. C'est pour peu de temps ; mais l'automne 1830, au théâtre et dans les genres narratifs, est celui de la libération idéologique et morale ; la partie de la critique que ces débordements effraient ou inquiètent parle même volontiers de licence. Jamais, en janvier, Balzac n'aurait pu publier le même conte, ou alors il aurait dû fortement l'édulcorer ; on n'aurait pas accepté, par exemple, ces allusions explicites à l'immoralité et au cynisme des papes de la Renaissance (Balzac lui-même, d'ailleurs, en supprima certaines lors des rééditions) ; on aurait censuré les expressions grossières, voire obscènes, qui émaillent le dénouement et que l'auteur a fait passer en les écrivant en espagnol ou en italien ; et surtout, jamais sous la Restauration un texte

1. Les Bourbons d'Espagne, qui règnent encore actuellement dans ce pays en la personne du roi Juan Carlos, descendent de Philippe V, petit-fils de Louis XIV, devenu roi d'Espagne en 1700 au détriment de l'ancienne dynastie des Habsbourg.

globalement aussi irréligieux n'aurait pu voir le jour. Dans l'expression comme dans les idées, Balzac est ici fort proche du romantisme dit « frénétique », qui se développe pour l'essentiel entre 1829 et 1833 dans les romans de Jules Janin (*L'Âne mort et la Femme guillotinée*, 1829) ou d'Alphonse Karr (*Sous les tilleuls*, 1832), dans les contes de Pétrus Borel (*Champavert*, 1833), voire dans les vers du jeune Alfred de Musset (*Contes d'Espagne et d'Italie*, fin 1829 ; « Namouna », 1832 ; « Rolla », août 1833) ; dans tous ces textes comme dans *L'Élixir* de Balzac, c'est le même ton ambigu, à la fois grave et ricanant, le même emportement expressif nuancé d'autodérision. Par contraste, *El Verdugo* semble bien sage — d'écriture, en tout cas ; il n'est que de lire, pour s'en convaincre, les deux pages finales : la sanglante exécution à la hache est évoquée de façon presque elliptique, alors que la mort de l'abbé, la cervelle dévorée par la tête vivante d'un demi-cadavre, relève d'une sorte de guignol macabre.

Mais ce contraste stylistique, réel, entre les deux œuvres ne doit pas empêcher de voir les points communs qui concourent, au contraire, à les rapprocher l'une de l'autre.

Leur cadre espagnol est le plus visible de ces points communs mais, à vrai dire, le moins intéressant. Balzac, pas plus avant 1830 qu'ensuite, n'a mis les pieds en Espagne, alors qu'à cette date même au moins l'un de ses contemporains les plus notables commence à recueillir par l'expérience des éléments de « couleur locale » autrement authentiques que les siens : c'est Prosper Mérimée, dont le premier voyage en Espagne est de l'été 1830, et dont les « Lettres d'Espagne » commencent à paraître dans la *Revue de Paris* trois mois après la publication de *L'Élixir*. Balzac, lui, se contente de quelques images climatiques, vestimentaires ou architecturales, ce qui réduit à presque rien le décor espagnol de ses deux récits : l'authenticité d'*El Verdugo* se limite à des clichés affirmatifs, sur le type espagnol de Clara par exemple ; et dans *L'Élixir de longue vie*, il est visible que l'abbaye de San Lucar ne doit pas être cherchée sur une carte d'Espagne, mais plutôt tirée des pages d'un album de gravures sur Cordoue[1]. On retrouve ailleurs, chez Balzac, des images équivalentes d'une Espagne imprécise, synonyme de violence et de passion : ainsi le début de la nouvelle *Les Marana*, publié dans la *Revue de Paris* le 23 décembre 1832, nous transporte à Tarragone au moment du sac de cette ville par les Français (en 1811), et ces scènes de pillage et de sang sont justement ce que craignent aussi les habitants de Menda[2] ; mais nous n'avons que ce nom de Tarragone : rien n'y est évoqué de la Catalogne véritable, et pour cause.

Un second point, en revanche, rapproche nos deux nouvelles, et son importance est tout autre, car nous pouvons en même temps commencer à en tirer ce qui fait la saveur propre de chacune : il s'agit du thème hautement symbolique de la mort du père. Thème — en littérature du moins — rebattu, usé, détruit presque, par l'abus d'une grille psychanalytique trop souvent plaquée sur les œuvres en dépit de leur genèse ou de leur signification esthétique. Dans le cas présent, pourtant, sa pertinence est évidente.

Bernard-François Balzac, le père du romancier, meurt à quatre-vingt-trois ans le 19 juin 1829 ; jusqu'au bout ses relations avec sa famille et ses enfants ont été placées sous le signe d'un grand égoïsme, d'une sorte d'avarice vitale ; il était sûr de vivre très âgé, et cotisait notamment à l'une des ces « tontines » dont il est question dans *L'Élixir de longue vie*[3] ; marié sur le tard, époux peu fidèle mais aussi époux trompé, il avait eu un fils (Honoré) et deux filles (Laure et Laurence) ; son dernier fils, Henri, né à la fin de 1807, est adultérin. Des deux filles, l'aînée, Laure, que son frère adorait, l'a « trahi » en 1820 pour épouser un médiocre ;

---

1. Voir p. 76 et n. 6. **2.** Voir *El Verdugo*, p. 32-33. **3.** Voir p. 59 et n. 8.

la cadette, Laurence, est morte en 1825, à vingt-trois ans, à la fois de maladie et des mauvais traitements infligés par un mari indigne. Pierre Citron propose de voir dans le Juanito d'*El Verdugo* l'ombre symbolique d'un Balzac non seulement parricide, mais en quelque sorte exécuteur de sa famille entière, de ses deux sœurs mortes pour lui — l'une vraiment morte, l'autre mariée —, de son père indigne, et même (bien que dans le texte elle se suicide) de sa mère adultère. Quoi que l'on pense de cette interprétation « totale », on ne peut qu'être frappé de l'intérêt qu'elle présente dès que l'on rapproche *El Verdugo* de *L'Élixir de longue vie* : dans ce second texte, en effet, l'humeur du fils contre la longévité du père est explicite et, si la composition de la famille Belvidéro n'est en rien superposable à celle de la famille Balzac, le désir de supplanter triomphalement le père apparaît comme le moteur même de la narration. Les deux nouvelles pourraient alors se lire en miroir l'une de l'autre, la seconde « avouant » ce que la première déguise.

Mais en même temps, si de l'image autobiographique du père nous passons à son image symbolique, ce caractère commun renvoie chacune des deux œuvres à ce qui la singularise. Non seulement nous pouvons nous attendre à avoir plus à dire de *L'Élixir de longue vie*, texte trois fois plus long qu'*El Verdugo* qui a quelque chose d'une vignette ; mais surtout, le caractère violemment blasphématoire de *L'Élixir* confère au (double) personnage du père confronté à la mort une stature ambiguë, qui invite à un examen plus approfondi.

Avant de poursuivre, il convient de rappeler à quel point, chez Balzac, peut être différente la signification d'une œuvre selon qu'on la considère en elle-même, et notamment à la date de sa première publication, ou d'après la place que, au terme d'un délai parfois fort long (seize ans, pour nos deux nouvelles), elle occupe au sein de *La Comédie humaine*. Je ne pense pas seulement ici aux modifications d'intrigue ou de style (ces dernières parfois fort importantes), mais à l'insertion de l'œuvre dans le système dit des personnages reparaissants, mis en place à l'automne 1834 au moment de la composition du *Père Goriot*. Lorsqu'il relit après cette date, soit pour l'édition Furne (à partir de 1841), soit même, déjà, pour les *Études de mœurs au* XIXe *siècle* ou les *Études philosophiques* (dès 1834), les œuvres qu'il a écrites antérieurement, Balzac les relie le plus souvent à son univers romanesque en donnant un nom connu à un personnage jusqu'alors anonyme, ou en remplaçant le nom d'un personnage par celui d'un autre, qui figure déjà dans une autre œuvre[1]. Or rien de cela ne se passe pour *El Verdugo* et pour *L'Élixir de longue vie* : aucun de leurs personnages ne reparaît dans une autre œuvre de Balzac, aucun nom de leur texte original n'a été modifié au fil des éditions pour établir ne fût-ce que le lien le plus mince avec l'immense intrigue générale de *La Comédie humaine*. Et pourtant elles s'y trouvent : ce statut paradoxal, qu'elles partagent avec quelques autres textes courts, mérite examen.

Balzac est revenu plusieurs fois à ces deux nouvelles du début de sa carrière, soit pour en modifier certaines caractéristiques d'écriture, soit pour les mentionner dans des préfaces ou des introductions. Et il est visible qu'à mesure que, dans son esprit, elles s'inscrivaient dans le projet de plus en plus vaste qui devient, à partir de 1841, *La Comédie humaine*, il leur a attribué un sens en harmonie avec la place qu'il leur assignait peu à peu. Pour percevoir cette mise en perspective, il suffit d'un coup d'œil sur l'histoire des deux œuvres.

Nous n'avons conservé ni manuscrit, ni épreuves d'*El Verdugo* et de *L'Élixir de longue vie* — manque peu étonnant pour des textes publiés en revue, et qui ne sont pas encore signés d'un nom aussi prestigieux

---

1. En voir un exemple caractéristique dans notre édition de *La Maison du Chat-qui-pelote* pour la même collection (« Libretti », Le Livre de Poche n° 14622, 1999, p. 29 et n. 2).

que par la suite ; la correspondance de l'écrivain ne nous dit rien de leur genèse, et nous ne connaissons la date de leur rédaction que par la mention finale ajoutée en 1835 (« octobre 1829 » pour le premier, « octobre 1830 » pour le second). Leurs destinées éditoriales sont parallèles. *El Verdugo* est imprimé pour la première fois dans *La Mode* le 28 janvier 1830, *L'Élixir* dans la *Revue de Paris* le 24 octobre de la même année ; dans ce premier mode d'existence journalistique, les deux textes ne sont accompagnés d'aucun commentaire de leur auteur.

Puis les deux nouvelles apparaissent ensemble dans les *Romans et contes philosophiques* publiés en septembre 1831 chez Gosselin, au tome II pour la première, au tome III pour la seconde. Les textes sont repris presque sans modifications ; la plus notable concerne *El Verdugo*, dont le surtitre et le sous-titre sont supprimés (nous allons y revenir). Le premier tome de ces *Romans et contes* s'ouvre, quant à lui, sur une vaste introduction, signée de Philarète Chasles, mais que Balzac a directement inspirée, voire dictée à ce journaliste, qui était alors son ami. *L'Élixir de longue vie* y est donné pour une illustration du « fonds misanthropique » de l'auteur, fonds « qu'une verve de gaieté et une fécondité d'invention incontestables raniment et font étinceler » — ce qui ne dit pas grand-chose sur le fond ; quant à *El Verdugo*, son image n'est déjà plus celle, trop éphémère, d'un conte à la mode illustrant la cruauté de la guerre par une intrigue aux forts accents romanesques ; mais le préfacier (ou le romancier) semble hésiter sur la dominante à indiquer au lecteur : c'est une « tragédie [...] où le parricide est sublime », mais ce parricide est « ordonné au nom d'une chimère sociale [1] ». Ces deux derniers mots sont fort importants : Balzac, en 1831, est à la veille de prendre officiellement parti pour la monarchie déchue,

1. Pour ces citations, voir l'Introduction aux *Romans et contes philosophiques* (*La Comédie humaine*, « Bibliothèque de la Pléiade », t. X, p. 1188).

mais sa lucidité d'auteur ne peut pas l'empêcher de dire que le maintien du préjugé nobiliaire, envers et contre tout, ne peut relever que d'une vision « chimérique », parce que passéiste, de l'évolution sociale.

En 1835 les deux textes entrent dans les *Études philosophiques* dont Edmond Werdet assure la publication depuis quelques mois ; cette série a été conçue en 1834 comme le pendant des *Études de mœurs au* XIXe *siècle*, que publie la veuve Béchet, et dans lesquelles figurent tous les romans déjà écrits des *Scènes de la vie privée* et des *Scènes de la vie de province. El Verdugo* et *L'Élixir* sont imprimés l'un derrière l'autre dans le tome V de ces *Études philosophiques* ; pour cette édition nouvelle la division de *L'Élixir* en deux chapitres est supprimée (ainsi que les deux épigraphes) ; les deux œuvres reçoivent une date finale, et le style en est corrigé, comme Balzac le fait à ce moment de sa carrière pour tous ses contes et nouvelles de 1829-1831, trop marqués à son goût par un certain frénétisme d'époque (aussi les corrections et les atténuations morales sont-elles plus nombreuses dans *L'Élixir*). Pour cette entrée dans l'ensemble « neuf » des *Études philosophiques*, les deux œuvres sont à nouveau mentionnées dans une importante préface générale, signée, cette fois, du nom de Félix Davin, autre porte-parole admiratif et docile. *El Verdugo* y est maintenant présenté sous un double jour politique et moral conforme aux idées proclamées de l'auteur : « c'est l'idée de dynastie mettant une hache dans la main d'un fils », ce qui veut dire à la fois que l'idée de dynastie est grande, mais que tuer ainsi son père, c'est « commettre tous les crimes en un seul ». Balzac a parlé plusieurs fois, par la suite, de la décapitation du père, et notamment de celle, suprême et catastrophique, du père absolu qu'est le roi : « En coupant la tête à Louis XVI, fait-il dire notamment au vieux duc de Chaulieu, la Révolution française a coupé la tête à tous les pères de famille[1]. » Quant à *L'Élixir*

1. *Mémoires de deux jeunes mariées*, « Bibl. de la Pléiade », t. I, p. 242.

de longue vie, plus aucune mention ne subsiste de ce qui en faisait un conte fantastique dans le goût satanique du jour ; Davin-Balzac ne tient plus compte que de l'apostrophe au lecteur qui occupe le centre de la nouvelle [1], mais c'est pour lui donner un sens exclusivement sérieux, en dépit de l'évidente ironie qui l'animait dans la version d'origine : « Voyez comme dans *L'Élixir de longue vie* l'idée Hérédité devient meurtrière [...] et combien est acéré le poignard qu'elle met dans la main des enfants [2] ! » Tout se passe comme s'il s'agissait de « tuer » tout souvenir des circonstances de la première apparition des œuvres. Il n'y a plus de différence entre la nouvelle historique et le conte fantastique : tous deux ont désormais pour marque commune d'illustrer « *l'idée* exagérant *l'instinct*, arrivant à la passion [...] désorganisatrice [3] ».

Lorsque enfin *El Verdugo* et *L'Élixir de longue vie*, toujours classés dans les *Études philosophiques*, entrent au sommaire du quinzième et avant-dernier volume de *La Comédie humaine*, publié en 1846, il n'y a plus rien à en dire. Les deux seules modifications remarquables sont, pour *El Verdugo*, l'ajout de la dédicace à Martínez de la Rosa (nous avons dit l'intérêt qu'elle présente) et, pour *L'Élixir de longue vie*, la transformation en un avis « Au lecteur », placé en tête, de la page intermédiaire qui, jusqu'alors, séparait les deux épisodes de la vie de don Juan. Le romancier n'eut pas, après 1846, le loisir de revenir sur ces œuvres, ou plus probablement il s'en désintéressa : ni l'une ni l'autre ne comporte la moindre correction manuscrite dans l'exemplaire personnel du romancier (dit « Furne corrigé »). Elles ne sont plus que miettes d'un vaste ensemble.

---

1. Voir p. 58-61. **2.** Introduction aux *Études philosophiques* (« Bibl. de la Pléiade », t. X, p. 1213). Cette introduction figure également dans l'anthologie de Stéphane Vachon (Balzac, *Écrits sur le roman*, Le Livre de Poche, n° 563, coll. « Références », 2000, p. 110 pour les citations concernées). **3.** *Ibid.* (c'est Balzac qui souligne).

C'est en considérant cette évolution que j'ai formé le projet d'éditer ici ces deux textes dans leur version originale de 1830. L'usage balzacien est en effet de donner à lire le dernier état du texte contrôlé par l'auteur, et ce principe se justifie évidemment pour les éditions complètes de *La Comédie humaine*, et aussi pour les œuvres de grande envergure, surtout si elles ont connu jusqu'au bout des corrections importantes. (Encore, même dans ce cas, est-il souvent passionnant de revenir au texte original, comme l'avait fait Pierre Barbéris pour *La Peau de chagrin* dans l'ancienne édition du Livre de Poche [1].) Pour ces deux nouvelles qui, à l'époque où elles ont été écrites, s'inscrivaient avant tout dans la circonstance immédiate et dans les modèles en vogue, il a paru au contraire pertinent de leur redonner leur éclat « 1830 » en revenant aux textes respectifs de *La Mode* et de la *Revue de Paris*. Non seulement il est intéressant d'en restituer les caractéristiques typographiques et littéraires (emploi des majuscules, ponctuation insistante, style expressif), mais il est légitime de faire apparaître ces textes comme ils ont été pensés par leur auteur.

L'intérêt de cette démarche apparaît, me semble-t-il, dès la page de titre d'*El Verdugo* qui, dans *La Mode*, comporte un sous-titre, comme c'était alors l'habitude dans les périodiques ; en lisant, sous les mots mystérieux du titre encore inexpliqué, l'indication « *Guerre d'Espagne (1809)* », le lecteur savait à peu près à quel type de récit s'attendre ; une précision était en outre apportée par le surtitre « *Souvenirs soldatesques* », imprimé dans *La Mode* en plus gros caractères que le titre, et qui invitait à lire *El Verdugo* comme le premier élément d'une série. Telle était en effet l'intention de Balzac, qui en mai-juin de la même année 1830 donne à *La Mode* un deuxième épisode de ces *Souvenirs soldatesques*, cette fois consacré au passage de la Béré-

1. Cette édition n'est plus au catalogue.

sina et à ses suites tragiques[1]. Les choses n'allèrent pas plus loin, peut-être simplement parce que la collaboration de Balzac à *La Mode* ne dépassa pas l'année 1830 ; mais cette série avortée, à laquelle auraient dû appartenir aussi *Une passion dans le désert* et *Le Réquisitionnaire*, publiés dans la *Revue de Paris* en décembre 1830 et février 1831, nous rappelle à quel point, tôt dans sa carrière, Balzac avait commencé de rêver à des *Scènes de la vie militaire* qui restèrent largement lettre morte[2] ; *El Verdugo*, alors, n'était pas dans son esprit une étude à la limite abstraite sur les aberrations de l'esprit de famille, mais un texte pittoresque où il s'attaquait à un thème que plusieurs nouvelles de Nodier, une des pièces les plus remarquables du *Théâtre de Clara Gazul* de Mérimée[3] ou, tout récemment, *Le Dernier Jour d'un condamné* de Victor Hugo avaient jeté en pleine lumière. Le rééditer comme il l'est ici, c'est lui redonner sa fragile jeunesse narrative.

Il en va de même pour *L'Élixir de longue vie*. Certes, lui rendre sa division en deux chapitres et ses épigraphes peut apparaître d'abord comme d'une faible importance ; y rétablir, en son plein milieu et dans son texte narquois d'origine, l'interpellation adressée au lecteur relève d'une « restauration » autrement significative. Il s'agit de donner à (re)lire ce qu'ont lu les abonnés de la *Revue de Paris*, et qui a été ensuite assagi, dans la forme et dans le fond, par l'auteur lui-même. Seule la version originale du texte donne complètement la mesure du « culot » de Balzac qui, pour sa première intervention dans une revue en plein

---

1. Cette nouvelle, *Adieu*, a été éditée par Lucette Vidal dans « Libretti » en 1995 (Le Livre de Poche n° 13679). **2.** Je me permets de renvoyer à l'analyse plus détaillée que j'ai proposée de ce projet dans mon article « Absence et présence du récit guerrier dans l'œuvre de Balzac », *L'Année balzacienne 1984*, p. 226-232. **3.** Il s'agit des deux volets de la pièce intitulée *Inès Mendo*, dont l'héroïne a pour père le bourreau de la ville (voir mon édition du *Théâtre de Clara Gazul*, Gallimard, « Folio », p. 157-231) ; on a suggéré que Balzac avait pu trouver l'idée du nom de la ville imaginaire de Menda dans le nom de ce personnage.

essor, y publie un conte satanique si audacieux que même la version finale en garde quelque chose. Précisons cela par quelques exemples simples.

Dès le début de sa nouvelle, Balzac donne un caractère religieux à l'annonce de l'agonie de Bartholoméo Belvidéro en rapprochant l'entrée lugubre du vieux domestique qui vient prévenir don Juan de l'épisode biblique fameux du « festin de Balthasar[1] », ce roi de Babylone qui, ayant offert à boire à ses invités dans les vases sacrés volés au temple de Jérusalem par son père Nabuchodonosor, avait été puni de cette impiété ; citons ce passage, dont le style, au demeurant, ne préfigure pas si mal celui du conte fantastique : « Soudain apparurent des doigts de main humaine, qui se mirent à écrire, derrière le lampadaire, sur le plâtre du mur du palais royal, et le roi vit la paume de la main qui écrivait. Le roi changea de couleur, ses pensées se troublèrent, les jointures de ses hanches se relâchèrent et ses genoux se mirent à claquer[2]. »

Ses « magiciens », ses « devins » et ses sages restent impuissants à déchiffrer les mots inscrits sur le mur, et seul le prophète Daniel sait lui expliquer qu'ils préfigurent sa défaite et sa mort, à lui qui n'a pas « humilié [s]on cœur » et qui s'est « exalté contre le Seigneur du Ciel » ; la nuit suivante, Balthasar, le fils indigne, est assassiné[3]. Don Juan, autre fils indigne, ne comprend pas plus cet avertissement qu'il n'entend, un peu plus tard, celui du coucou, dont le « bruit aigre » le fait pourtant bien sursauter[4]. Le mot familier auquel je recours est d'ailleurs inexact, puisque Balzac a pris soin de remplacer le coucou par un coq, dont le triple chant indique, sans doute, qu'il est trois heures du matin, mais surtout renvoie le lecteur des Évangiles à un autre épisode célèbre, tiré cette fois de la passion du Christ : à trois reprises, l'apôtre Pierre, apeuré, nie

---

1. Voir p. 46. **2.** Livre de Daniel, chap. V, versets 5-6 (je cite la traduction de la Bible de Jérusalem, Éd. du Cerf). **3.** Voir *ibid.*, versets 7-8, 22-23, 30. **4.** Voir p. 53.

connaître Jésus, et à la troisième fois le coq chante, comme le lui avait annoncé son maître lui-même, pour le mettre face à sa trahison de « fils »[1]. Du moins Pierre, bon fils et bon disciple, se repent-il ; don Juan s'interroge, lui, en pur égoïste, en écoutant monter en lui le flot de la tentation.

Un peu plus loin, Balzac introduit une nouvelle allusion biblique ; elle concerne cette fois, dans la Genèse, ce qu'on appelle traditionnellement le combat de Jacob avec l'ange[2] : mystérieux affrontement nocturne avec un être qui ne se nomme pas, mais qui, au petit matin, bénit Jacob, et en qui l'exégèse voit habituellement une image de Dieu lui-même ; or, pour don Juan, ce « combat » qui l'épuise aboutit à la malédiction, non à la bénédiction, puisqu'il tue une seconde fois, en écrasant l'œil, le père qu'il avait déjà achevé en laissant entendre qu'il garderait pour lui l'élixir. Cet élan vers le crime n'a rien qui doive étonner dans un passage où il vient d'être question d'« une influence diabolique » : depuis le début de sa nouvelle, Balzac a instauré un climat délétère, proprement scandaleux, et dont la corruption du pape Borgia, deux fois évoquée (mais passée sous silence dans les éditions suivantes), donne la mesure.

Le satanisme est toutefois beaucoup plus accentué dans le second chapitre de la nouvelle. Peut-être cette impression provient-elle en partie de l'effet presque hallucinant de répétition induit par le récit lui-même : deux agonies semblables, deux cadavres presque identiques, dont les lignes maigres sont soulignées par le linge qui les recouvre. Seules les deux réanimations partielles, et finalement manquées, diffèrent. Lors de la première agonie, et malgré la forte différence des intrigues, c'est déjà presque l'atmosphère de la mort du père Goriot qui s'installe : mort d'un homme bon, trompé jusqu'au bout dans son amour pour ses filles

1. Voir ce récit, par exemple, dans l'Évangile de Luc, chap. XXII, versets 54-62 (les quatre Évangiles en parlent). **2.** Voir p. 58, et Genèse, chap. XXXII, versets 25-33.

comme Belvidéro l'est ici dans son indulgence pour son fils indigne. Quand don Juan meurt à son tour, la « résurrection » ne rate que par sa propre faute : s'il ne saisissait pas Philippe de son bras rajeuni, ce fils modèle ne lâcherait pas, de terreur, la fiole d'élixir ! C'est l'impatience du mort coupable qui lui inflige le plus ironique — et le plus sinistrement comique — des châtiments. Aussi Satan est-il présent à travers tout le dénouement comme si la brûlure de son rire traversait la nef même de l'abbaye.

Mais, à y bien regarder, dès le début de ce second chapitre, et à condition de le lire dans son texte original, Balzac avait « donné la couleur » en évoquant la statue élevée par don Juan à la mémoire de son père [1]. Le fils coupable s'est fait représenter prosterné devant la tête paternelle « tuée » deux fois par ses soins : bien que Balzac affirme qu'il a cédé là au « seul remords dont son cœur devait être chatouillé », il est difficile de ne pas voir dans ce monument l'expression d'une hypocrisie sacrilège, et dans son érection l'annonce du châtiment final. Le texte fut profondément modifié en 1835 pour l'édition Werdet, à partir de laquelle figure sur le tombeau « la statue paternelle, agenouillée devant la Religion [2] » : don Juan n'est plus en cause, et la phrase n'a plus la même saveur d'ambiguïté.

Il est vrai que le lecteur peut encore se rattraper avec le dénouement, véritable farandole diabolique où le sacrilège serait le fait de marionnettes désarticulées. C'est ici, quoi qu'on en pense et quelque édulcoration qu'il ait apportée par la suite à ce texte, le vrai Balzac romantique, le conteur porté par sa vogue, habile à cueillir les désirs du lectorat du jour pour les satisfaire.

Le redécouvrir dans ces deux nouvelles, tel qu'il plaisait au temps où elles parurent, paré de cette modernité intuitive qui était la sienne, ne peut, me semble-t-il, qu'inciter à trouver plus admirable et plus passionnant qu'il ait pu ensuite pleinement devenir le

1. Voir p. 63. **2.** « Bibl. de la Pléiade », t. XI, p. 485.

Balzac de *La Comédie humaine*, cet alchimiste habile à transmuer le « transitoire » en « éternel », et qui enchantait si fort Baudelaire.

Patrick BERTHIER.

La préface que l'on vient de lire explique les raisons pour lesquelles le texte de cette édition est, pour *El Verdugo*, celui de *La Mode* du 28 janvier 1830 et, pour *L'Élixir de longue vie*, celui de la *Revue de Paris* du 24 octobre de la même année. Nous avons limité nos interventions à la correction de quelques coquilles et à la modernisation de quelques graphies (par exemple nous imprimons « moments » et non « momens », « très grand » et non « très-grand », etc.). Les variantes les plus intéressantes sont signalées en note.

SOUVENIRS SOLDATESQUES

EL VERDUGO

Guerre d'Espagne
(1809)

se passe en juillet (voir p. 29, n. 3). — 2. Environ trente mètres.

Le clocher de la petite ville de Menda* venait de sonner minuit. En ce moment, un jeune officier français, appuyé sur le parapet d'une longue terrasse qui bordait les jardins du château de Menda, paraissait abîmé dans une contemplation plus profonde que ne le comportait l'insouciance de la vie militaire ; mais il faut dire aussi que jamais heure, site et nuit ne furent plus propices à la méditation. Le beau ciel d'Espagne étendait un dôme d'azur au-dessus de sa tête. Le scintillement des étoiles et la douce lumière de la lune éclairaient capricieusement une vallée délicieuse qui déroulait à ses pieds tous ses trésors. Appuyé sur un oranger en fleurs[1], le chef de bataillon pouvait voir, à cent pieds[2] au-dessous de lui, la ville de Menda, qui semblait s'être mise à l'abri des vents du nord, au pied du rocher sur lequel était bâti le château. En tournant la tête, il apercevait la mer dont les eaux brillantes encadraient le paysage, comme d'une large lame d'argent. Le château était illuminé. Le joyeux tumulte d'un bal, les accents de l'orchestre, les rires de quelques

---

* Le respect dû à des infortunes contemporaines oblige le narrateur à changer le nom de la ville et de la famille dont il s'agit. [Cette note de Balzac, placée en bas de page dans *La Mode*, a été supprimée dans les éditions. La ville dont le nom a été changé pourrait être Santander, ville fortifiée de la côte nord de l'Espagne dont le site correspond assez bien à ce qui est décrit ici. Le nom de Menda est imaginaire.]

---

1. On s'attendrait plutôt à le voir en fruits, cet oranger, puisque la scène se passe en juillet (voir p. 29, n. 3). **2.** Environ trente mètres.

officiers et de leurs danseuses arrivaient jusqu'à lui, mêlés au lointain murmure des flots. La fraîcheur de la nuit imprimait une sorte d'énergie à son corps fatigué par la chaleur du jour. Enfin les jardins étaient plantés d'arbres si odoriférants et de fleurs si suaves, que le jeune homme se trouvait comme plongé dans un bain de parfums.

Le château de Menda appartenait à un grand[1] d'Espagne, qui l'habitait en ce moment avec toute sa famille. Pendant toute cette soirée, l'aînée de ses filles avait regardé l'officier avec un intérêt empreint d'une telle tristesse, que le sentiment de compassion exprimée par l'Espagnole pouvait bien causer la rêverie du Français. Clara était belle ; et quoiqu'elle eût trois frères et une sœur, les biens du marquis de Léganès paraissaient assez considérables pour faire croire à Victor Marchand[2] que la jeune personne aurait une riche dot. Mais comment oser croire que la fille du vieillard le plus entiché de sa grandesse qui fût en Espagne pourrait être donnée au fils d'un épicier de Paris !

Les Français étaient haïs. Le marquis ayant été soupçonné par le général G..t..r[3], qui gouvernait la province, de préparer un soulèvement en faveur de Ferdinand VII[4], le bataillon commandé par Victor Marchand avait été cantonné dans la petite ville de Menda pour contenir les campagnes voisines qui obéis-

---

1. Cet adjectif substantivé désigne traditionnellement les membres de la haute aristocratie en Espagne. La qualité de grand d'Espagne est la grandesse, terme que l'on trouve quelques lignes plus loin. **2.** Le nom et le prénom de ce personnage semblent avoir été fabriqués à partir des noms de deux membres réels de l'armée d'occupation en Espagne, le général Jean-Gabriel Marchand (1765-1851) et le maréchal Victor, duc de Bellune (1764-1841). Balzac avait eu aussi pour camarade de classe un certain Albert Marchant dont le père avait été commissaire ordonnateur de la même armée. **3.** Le demi-anonymat de cette graphie invite à lire « Gautier » ; aucun général de ce nom ne combattit en Espagne, mais un colonel Étienne Gauthier, mort à Tours en 1826, se trouvait en effet à Santander en 1809. **4.** Le roi légitime d'Espagne, monté sur le trône en mars 1808 après l'abdication de son père Charles IV, mais qui avait été presque aussitôt contraint d'abdiquer au profit de Joseph Bonaparte, un des frères de l'empereur (voir p. 34 et n. 2).

saient au marquis de Léganès. Une récente dépêche du maréchal Ney[1] faisait craindre que les Anglais ne débarquassent prochainement sur la côte, et signalait le marquis comme un homme entretenant des intelligences avec le cabinet de Londres[2]. Aussi, malgré le bon accueil que cet Espagnol avait fait à Victor Marchand et à ses soldats, le jeune officier se tenait constamment sur ses gardes.

En se dirigeant vers cette terrasse où il venait examiner l'état de la ville et des campagnes confiées à sa surveillance, il se demandait comment il devait interpréter l'amitié que le marquis n'avait cessé de lui témoigner, et comment l'apparente tranquillité du pays pouvait se concilier avec les inquiétudes de son général ; mais, depuis un moment, toutes ces pensées avaient été chassées de l'esprit du jeune commandant par un sentiment de prudence et une curiosité bien légitimes.

Il venait d'apercevoir dans la ville une assez grande quantité de lumières. Or, malgré la fête de saint Jacques[3], il avait ordonné, le matin même, que les feux fussent éteints à l'heure ordinaire, prescrite par son règlement. Le château seul avait été excepté de cette mesure. Il vit bien briller çà et là les baïonnettes de ses soldats aux postes accoutumés ; mais le silence était solennel, et rien n'annonçait que les Espagnols fussent en proie à l'ivresse d'une fête.

Après avoir cherché à s'expliquer l'infraction générale dont les habitants se rendaient coupables envers l'ordonnance, il trouva dans ce délit un mystère bien plus grand en pensant qu'il avait laissé des officiers chargés de la police nocturne et des rondes. Avec l'impétuosité de la jeunesse, il allait s'élancer par une

---

1. Ney commanda l'expédition d'Espagne d'octobre 1808 à l'automne 1809. **2.** Les Anglais, en guerre avec la France depuis la rupture de la paix d'Amiens (1803), jouèrent un rôle de premier plan dans la défaite des Français en Espagne, entre 1809 et 1814. **3.** Le 25 juillet ; c'est, encore aujourd'hui, une importante fête traditionnelle dans l'Espagne catholique, à cause du pèlerinage de Saint-Jacques-de-Compostelle.

brèche pour descendre rapidement les rochers, et parvenir plus tôt à un petit poste de police placé à l'entrée de la ville du côté du château, quand un faible bruit l'arrêta dans sa course. Il crut entendre le sable des allées criant sous le pas léger d'une femme. Il retourna la tête et ne vit rien ; mais ses yeux furent saisis par l'éclat extraordinaire de l'Océan. Il y aperçut tout à coup un spectacle si funeste, qu'il demeura immobile de surprise, accusant même ses sens d'erreur. Les rayons blanchissants de la lune lui permirent de distinguer des voiles à une assez grande distance. Il tressaillit et tâcha de se convaincre que cette terrible vision n'était pas un piège d'optique tendu par les caprices des ondes et de la lune.

En ce moment, une voix enrouée prononça son nom. L'officier regarda vers la brèche, et il y vit s'élever lentement la tête du soldat par lequel il s'était fait accompagner au château.

« Est-ce vous, mon commandant ?...

— Oui. Eh bien ?... lui dit à voix basse le jeune homme, averti par une sorte de pressentiment d'agir avec mystère.

— Ces gredins-là se remuent comme des vers !... et je me hâte de vous communiquer, si vous le permettez, mes petites observations.

— Parle... répondit Victor Marchand.

— Je viens de suivre un homme[1] du château qui s'est dirigé par ici une lanterne à la main. Or, une lanterne est furieusement suspecte, car je ne crois pas que ce chrétien-là ait besoin d'allumer des cierges à cette heure-ci. — Ils veulent nous manger !... que je me suis dit. Et je me suis mis à lui examiner les talons[2]... Aussi, mon commandant, j'ai découvert à trois pas d'ici, sur un quartier de roche, un certain amas de fagots... »

Un cri terrible retentit dans la ville et interrompit le

---

1. Un domestique. **2.** À le suivre. Balzac aime bien donner à ses personnages de soldats un langage supposé authentique (on trouve de tels effets dès 1829 dans *Les Chouans*, et en 1832 dans *Le Colonel Chabert*).

soldat. Une lueur soudaine éclaira le commandant. Le pauvre grenadier reçut à l'instant même une balle dans la tête et tomba mort. Un feu de paille et de bois sec brillait comme un incendie à dix pas du jeune homme. Les instruments et les rires cessaient de se faire entendre dans la salle de bal. Un silence de mort, interrompu par des gémissements, avait soudain remplacé la fête. Un coup de canon retentit sur la plaine blanche de l'Océan. Une sueur froide coula sur le front du jeune officier. Il était sans épée. Il comprenait que tous ses soldats avaient péri et que les Anglais allaient débarquer. Il se vit déshonoré s'il vivait, il se vit traduit devant un conseil de guerre... et alors il mesura des yeux la profondeur de la vallée. Il s'y élançait, quand la main de Clara saisit la sienne.

« Fuyez, dit-elle, mes frères me suivent. Au bas du rocher, par là, vous trouverez le cheval andalou de Juanito. Allez !... »

Elle le poussa. Le jeune homme stupéfait la regarda pendant un moment. Mais, obéissant bientôt à l'instinct de conservation qui n'abandonne pas même l'homme le plus fort, il s'élança dans le parc en prenant la direction indiquée, et courut à travers des rochers que les chèvres avaient seules pratiqués jusqu'alors. Il entendit Clarita[1] crier à ses frères de le poursuivre ; il entendit les pas de ses assassins ; il entendit siffler à ses oreilles les balles de plusieurs décharges ; mais il atteignit la vallée, trouva le cheval, monta dessus et disparut avec la rapidité de l'éclair.

En peu d'heures le jeune officier parvint au quartier du général G..t..r. Ce dernier était à dîner avec son état-major.

« Je vous apporte ma tête ! » s'écria le chef de bataillon en apparaissant pâle et défait.

Il s'assit et raconta l'horrible aventure. Un silence effrayant accueillit son récit.

« Je vous trouve plus malheureux que criminel,

1. Diminutif de Clara, comme Juanito est celui de Juan.

répondit enfin le terrible général. Vous n'êtes pas comptable du forfait des Espagnols ; et, à moins que le maréchal[1] n'en décide autrement, je vous absous. »

Ces paroles ne donnèrent qu'une bien faible consolation au malheureux officier.

« Quand l'Empereur saura cela !... s'écria-t-il.

— Il voudra vous faire fusiller... dit le général ; mais nous verrons. Enfin, ne parlons plus de ceci, ajouta-t-il d'un ton sévère, que pour en tirer une vengeance qui imprime une terreur salutaire à ce pays de traîtrise. »

Une heure après, un régiment tout entier[2], un détachement de cavalerie et un convoi d'artillerie étaient en route. Le général et Victor marchaient à la tête de cette colonne. Les soldats, instruits du massacre de leurs camarades, étaient possédés d'une fureur sans exemple. La distance qui séparait la ville de Menda du quartier général fut franchie avec une rapidité miraculeuse. Sur la route, le général trouva des villages entiers sous les armes. Chacune de ces misérables bourgades fut cernée, et leurs habitants décimés.

Par une de ces fatalités inexplicables, les vaisseaux anglais étaient restés en panne sans avancer*, de sorte que la ville de Menda fut entourée par les troupes françaises presque sans coup férir. Les habitants, saisis de terreur en se voyant dénués du secours que l'apparition des voiles anglaises semblait leur promettre, offrirent de se rendre à discrétion[3]. Par un de ces dévouements qui n'ont pas été rares dans la Péninsule, les assassins des Français, prévoyant, d'après la cruauté connue du

* On sut plus tard que ces vaisseaux ne portaient que de l'artillerie et qu'ils avaient mieux marché que le reste des transports. [Le texte de cette note de Balzac, placée en bas de page dans *La Mode*, a été intégré au texte de la nouvelle dans les éditions. Il est exact que les Anglais tentèrent de débarquer à Santander en 1809.]

1. Le maréchal Ney, déjà nommé. **2.** Un régiment d'infanterie, sous l'Empire, compte environ deux mille soldats. **3.** En se soumettant sans discuter aux conditions du vainqueur.

général, que Menda serait peut-être livrée aux flammes et la population entière passée au fil de l'épée, proposèrent de se dénoncer eux-mêmes au général. Il accepta cette offre, en y mettant pour condition que tous les habitants du château, depuis le dernier valet jusqu'au marquis, seraient mis entre ses mains. Cette capitulation étant consentie, le général promit de faire grâce au reste de la population et d'empêcher ses soldats de piller la ville ou d'y mettre le feu. Une contribution énorme fut frappée[1], et les plus riches habitants se constituèrent prisonniers pour en garantir le paiement qui devait être effectué dans les vingt-quatre heures.

Le général, ayant pris toutes les précautions nécessaires à la sûreté de ses troupes et pourvu à la défense du pays, refusa de loger ses soldats dans les maisons. Après les avoir fait camper, il monta au château et s'en empara militairement. Tous les membres de la famille de Léganès et les domestiques furent soigneusement gardés à vue et garrottés. Le général ordonna d'enfermer ses prisonniers dans la salle où le bal avait eu lieu. Des fenêtres de cette pièce on pouvait facilement embrasser la terrasse qui dominait la ville. L'état-major s'établit dans une galerie voisine où le général tint d'abord conseil sur les mesures à prendre pour s'opposer au débarquement.

Après avoir expédié un aide de camp au maréchal Ney, ordonné d'établir des batteries sur la côte, le général et son état-major s'occupèrent des prisonniers. Deux cents Espagnols, que les habitants avaient livrés, furent immédiatement fusillés sur la terrasse. Après cette exécution militaire, le général commanda de planter sur la terrasse autant de potences qu'il y avait de gens dans la salle du château et de faire venir le bourreau de la ville.

Profitant du temps qui allait s'écouler avant que le dîner fût servi pour l'état-major dans la galerie du châ-

---

1. Fut levée, fut décidée.

teau, Victor Marchand alla voir les prisonniers. Il revint bientôt vers le général.

« J'accours, lui dit-il d'une voix émue, vous demander des grâces...

— Vous !... reprit le général avec un ton d'ironie amère.

— Hélas ! répondit Victor, ce sont de tristes grâces. Le marquis, en voyant planter les potences, a espéré que vous changeriez ce genre de supplice pour sa famille. Il vous supplie de faire décapiter les nobles[1]...

— Soit, dit le général.

— Ils demandent encore qu'on leur accorde les secours de la religion, et qu'on les délivre de leurs liens. Ils promettent de ne pas chercher à fuir...

— J'y consens... dit le général ; mais vous en répondez...

— Le vieillard vous offre encore toute sa fortune si vous voulez pardonner à son jeune fils.

— Vraiment ! répondit le chef ; mais ses biens appartiennent déjà au roi Joseph[2]... » Il s'arrêta. Une pensée de mépris rida son front, et il ajouta : « Je vais surpasser leurs désirs. Je devine l'importance de sa dernière demande... Eh bien ! qu'il achète l'éternité de son nom, et que l'Espagne se souvienne à jamais et de leur trahison et de leur supplice !... Je laisse toute cette fortune et fais grâce à celui de ses fils qui remplira l'office de bourreau. Allez, et ne m'en parlez plus. »

Victor resta stupéfait.

Le dîner était servi. Tous les officiers attablés satisfaisaient un appétit que la fatigue avait aiguillonné. Un seul d'entre eux manquait au festin, c'était Victor Marchand. Après avoir longtemps hésité, il se rendit dans le salon où gémissait l'orgueilleuse famille de Léganès. Il entra. Il jeta un regard triste sur le spectacle que

---

1. La décapitation était considérée comme une faveur rare en Angleterre (au lieu de la pendaison, mode d'exécution habituel) ; en Espagne on ne pratiquait pas la décapitation mais la strangulation par garrot ; Balzac a pensé d'abord à un contexte post-révolutionnaire français. **2.** Joseph Bonaparte (voir p. 28, n. 4).

présentait alors cette salle où, la surveille, il avait vu tournoyer, emportées par la walse[1], les têtes parées et brillantes des deux jeunes filles et des trois jeunes gens. Il frémit en pensant que dans peu elles devaient rouler tranchées par le sabre du bourreau. Le père et la mère, les trois enfants et les deux filles, étant attachés sur leurs fauteuils dorés, restaient dans un état d'immobilité complète. Huit serviteurs silencieux étaient debout, les mains liées derrière le dos. Ces quinze personnes se regardaient gravement, et leurs yeux trahissaient à peine les sentiments dont elles étaient animées. Une résignation profonde et le regret d'avoir échoué dans leur entreprise se lisaient sur quelques fronts. Des soldats immobiles et respectant la douleur de ces cruels ennemis, les gardaient. Un mouvement de curiosité anima tous les visages quand Victor parut. Il donna l'ordre de délier les condamnés, et il alla lui-même détacher les cordes qui retenaient Clara prisonnière sur sa chaise. Elle sourit tristement. L'officier ne put s'empêcher d'effleurer les bras élégants et frais de la jeune fille. Il admira sa chevelure noire, sa taille souple ; car c'était une véritable Espagnole : elle avait le teint espagnol, un peu brun ; les yeux espagnols, de longs cils recourbés et une prunelle plus noire que l'aile d'un corbeau.

« Avez-vous réussi ? » lui dit-elle, avec un de ces sourires funèbres où il y a encore de la jeune fille.

Victor ne put s'empêcher de gémir. Il regarda tour à tour les trois frères et Clara. L'un, et c'était l'aîné, avait trente ans. Petit, assez mal fait, l'air fier et dédaigneux, il ne manquait pas d'une certaine noblesse dans les manières et ne paraissait pas étranger à cette délicatesse de sentiment qui rendit autrefois la galanterie espagnole si célèbre. Il se nommait Juanito. Le second, Philippe, était âgé de vingt ans environ. Il ressemblait à Clara. Le dernier avait huit ans. Un peintre aurait

---

1. Graphie à l'allemande, habituelle en 1830 (la mode de la valse est encore récente). La surveille : l'avant-veille.

trouvé dans les traits de Raphaël[1] un peu de cette constance romaine que David a prêtée aux enfants dans ses pages républicaines[2]. Le vieux marquis avait une tête couverte de cheveux blancs, qui semblait échappée d'un tableau de Murillo[3].

À cet aspect, le jeune officier hocha la tête, désespérant de voir accepter par un de ces quatre personnages le marché du général. Cependant il osa le confier à Clara. Elle frissonna d'abord, mais elle reprit tout à coup un air calme et alla s'agenouiller devant son père.

« Oh ! lui dit-elle, faites jurer à Juanito qu'il obéira fidèlement aux ordres que vous lui donnerez. — Nous serons contents. »

La vieille mère tressaillit d'espérance ; mais quand, se penchant vers son mari, elle eut entendu l'horrible confidence de Clara, elle s'évanouit. Juanito comprit tout, et il bondit comme un lion en cage.

Victor prit sur lui de renvoyer les soldats, après avoir obtenu du marquis l'assurance d'une soumission parfaite. Les domestiques furent emmenés et livrés au bourreau qui les pendit.

Quand la famille n'eut plus que Victor pour surveillant, le vieux père se leva :

« Juanito ?... » dit-il.

Juanito, comprenant l'ordre de son père, n'y répondit que par une inclinaison de tête qui équivalait à un refus. Il retomba sur sa chaise, et regarda ses parents d'un œil sec et terrible.

Clara vint s'asseoir sur ses genoux, et, d'un air gai :

« Mon cher Juanito, dit-elle, en lui passant ses bras autour du cou et l'embrassant sur les paupières, si tu

---

1. Dans les éditions Balzac remplaça ce prénom, qui produisait une confusion avec le nom du peintre Raphaël, par celui, plus espagnol, de Manuel. **2.** Louis David (1748-1825) fut le peintre officiel de la Révolution ; ici Balzac peut aussi penser à la « page républicaine » que constitue le portrait du *Jeune Bara* assassiné, esquissé par David en 1794 et laissé inachevé. **3.** Le peintre espagnol que Balzac cite le plus volontiers, notamment dans la nouvelle de fin 1832 *Les Marana* (évoquée dans la Préface, p. 12).

savais combien, donnée par toi, la mort me sera douce. Je n'aurai pas à subir l'odieux contact des mains d'un bourreau. Tu me guériras des maux qui m'attendaient, et... mon bon Juanito, tu ne me voulais voir à personne, eh bien !... »

Ses yeux veloutés jetèrent un regard de feu sur Victor, comme pour réveiller dans le cœur de Juanito son horreur des Français.

« Aie du courage, lui dit son frère Philippe, autrement notre famille est éteinte. »

Tout à coup Clara se leva, le groupe qui s'était formé autour de Juanito se sépara, et il vit devant lui, debout, son vieux père, qui d'un ton solennel s'écria :

« Juanito, je te l'ordonne !... »

Le jeune comte restant immobile, son père tomba à ses genoux. Involontairement, Clara, Raphaël et Philippe l'imitèrent ; et tous tendant les mains vers celui qui devait sauver la famille de l'oubli, semblèrent répéter ces paroles paternelles :

« Mon fils, manquerais-tu d'énergie espagnole et de vraie sensibilité ?... Veux-tu me laisser longtemps à genoux, et dois-tu considérer ta vie et tes souffrances ?...

« Est-ce mon fils, madame ? ajouta le vieillard en se retournant vers la marquise.

— Il y consent !... » s'écria la mère avec désespoir ; car elle vit Juanito faire un mouvement des sourcils, dont elle seule connaissait la signification.

Mariquita[1], la seconde fille, se tenait à genoux, serrant sa mère dans ses faibles bras ; et, comme elle pleurait à chaudes larmes, son petit frère Raphaël vint la gronder.

En ce moment, l'aumônier du château entra. Il fut aussitôt entouré de toute la famille. On l'amena à Juanito. Victor, ne pouvant supporter plus longtemps cette scène, fit un signe à Clara, et se hâta d'aller tenter un dernier effort auprès du général. Il le trouva en belle

---

1. Diminutif de Maria ; Balzac le réutilisa dans *La Fille aux yeux d'or*.

humeur, au milieu du festin, et buvant du vin délicieux avec ses officiers qui commençaient à tenir de joyeux propos.

Une heure après, cent des plus notables habitants de Menda vinrent sur la terrasse pour être, suivant les ordres du général, témoins de l'exécution de la famille Léganès. Un détachement de soldats fut placé pour contenir les Espagnols que l'on rangea sous les potences auxquelles les domestiques du marquis avaient été pendus, et leurs têtes touchaient presque les pieds de ces martyrs. À trente pas d'eux, s'élevait un billot et brillait un cimeterre.

Le bourreau était là en cas de refus de la part de Juanito.

Bientôt les Espagnols entendirent, au milieu du plus profond silence, les pas de plusieurs personnes, le son mesuré de la marche d'un piquet de soldats et le léger retentissement de leurs fusils. Ces différents bruits étaient mêlés aux accents joyeux du festin des officiers, comme naguère les danses d'un bal avaient déguisé les apprêts de la sanglante trahison. Tous les regards se tournèrent vers le château, et l'on vit la noble famille qui s'avançait avec une incroyable assurance. Tous les fronts étaient calmes et sereins. Un seul homme, pâle et défait, s'appuyait sur le prêtre, qui prodiguait toutes les consolations de la religion à cet homme, le seul qui dût vivre. Le bourreau comprit comme tout le monde que Juanito avait accepté sa place pour un jour. Le vieux marquis et sa femme, Clara, Mariquita et leurs deux frères vinrent s'agenouiller à quelques pas du lieu fatal. Juanito fut conduit par le prêtre. Quand il arriva au billot, l'exécuteur, le tirant par la manche, le prit à part, et lui donna probablement[1] quelques instructions.

Le confesseur plaça les victimes de manière à ce qu'elles ne vissent pas le supplice ; mais c'étaient de vrais Espagnols. Ils se tinrent debout et sans faiblesse.

---

1. Curieuse timidité du narrateur habituellement omniscient ; Balzac écrit ici comme s'il était témoin visuel de la scène, mais n'avait pu entendre les paroles du bourreau.

Clara s'élança la première vers son frère. « Juanito, lui dit-elle, aie pitié de mon peu de courage. Commence par moi !... »

En ce moment, les pas précipités d'un homme retentirent. Victor arriva sur le lieu de cette scène. Clara était agenouillée déjà, et déjà son cou blanc appelait le cimeterre. L'officier pâlit ; mais il trouva la force d'accourir :

« Le général t'accorde la vie si tu veux m'épouser !... », lui dit-il.

L'Espagnole lança sur l'officier un regard de mépris et de fierté.

« Allons, Juanito !... », dit-elle d'un son de voix profond.

Sa tête roula aux pieds de Victor ; et la marquise de Léganès laissa échapper un mouvement convulsif en entendant le son lourd du cimeterre ; ce fut la seule marque de sa douleur.

« Suis-je bien comme ça, mon bon Juanito ? » fut la demande que fit le petit Raphaël à son frère.

« Ah ! tu pleures, Mariquita ?... dit Juanito à sa sœur.

— Oh, oui !... répliqua la jeune fille, je pense à toi, mon pauvre Juanito... Ah ! que tu vas être malheureux sans nous !... »

Bientôt la grande figure du marquis apparut. Il regarda le sang de ses enfants, il se tourna vers les spectateurs muets et immobiles, il étendit les mains vers Juanito, et dit d'une voix forte :

« Espagnols !... je donne à mon fils ma bénédiction paternelle !... qu'elle l'accompagne toujours ! — Maintenant, marquis, frappe sans peur, car tu es sans reproche[1]. »

Mais quand Juanito vit approcher sa mère, soutenue par le confesseur :

---

1. Cette allusion au célèbre Bayard, le chevalier « sans peur et sans reproche » des guerres d'Italie au début du XVIe siècle, n'est guère en situation dans la bouche d'un gentilhomme espagnol, quoiqu'elle puisse avoir un sens par elle-même.

« Elle m'a nourri !... », s'écria-t-il, et sa voix arracha un cri d'horreur à l'assemblée. Le bruit du festin et les rires joyeux des officiers s'apaisèrent à cette terrible clameur.

La marquise comprenant que le courage de Juanito était épuisé, s'élança d'un bond par-dessus la balustrade, et alla se fendre la tête sur les rochers. Un cri d'admiration s'éleva. Juanito était tombé évanoui.

« Mon général, dit un officier à moitié ivre, Marchand vient de me raconter quelque chose de cette exécution... — Je parie que vous ne l'avez pas ordonnée...

— Oubliez-vous, messieurs, s'écria le général G..t..r, que, dans un mois, cinq cents familles françaises seront en larmes [1], et que nous sommes en Espagne ? Voulez-vous laisser nos os ici ?... »

Après cette allocution, il ne se trouva personne, pas même un sous-lieutenant, qui osât vider son verre.

Malgré les respects dont il est entouré, malgré le titre d'*el verdugo** dont le roi d'Espagne a, dit-on, enrichi le nom du marquis de Léganès, il est dévoré par le chagrin, il vit solitaire et se montre rarement. Accablé sous le fardeau de son admirable forfait, il semble attendre avec impatience que la naissance d'un second fils lui donne le droit de rejoindre les ombres dont il marche entouré.

H. DE BALZAC [2].

---

* *El verdugo*, le bourreau. [Cette note, placée par Balzac en bas de page de *La Mode*, est supprimée dès l'édition originale de 1831, et les mots « le Bourreau » sont ajoutés entre parenthèses, dans le texte.]

---

1. Sous-entendu : si nous ne sévissons pas. **2.** L'apparition de cette signature dans *La Mode* marque une date : c'est la première fois que l'écrivain ajoute à son nom la particule dont s'était déjà affublé, au moment du mariage de sa plus jeune sœur Laurence (1821), son propre père, Bernard-François Balzac.

L'ÉLIXIR DE LONGUE VIE

I

Festin

« Pendant cette soirée, je vis un monsieur qui avait une tabatière sur laquelle était peint l'œil étincelant d'une maîtresse, morte à la fleur de l'âge, et dont il fut jadis adoré. »

(MONOGRAPHIE DE LA VERTU, *ouvrage inédit de l'auteur*[1].)

Dans un des plus beaux palais de Ferrare, par une soirée d'hiver, sur les neuf heures, don Juan Belvidéro régalait un prince de la maison d'Este[2]. À cette époque[3], une fête était un merveilleux spectacle que de royales richesses ou la puissance d'un seigneur pouvaient seules produire. Parmi les plus beaux chefs-d'œuvre des arts, sous des lambris de marbre[4], sur de riches tapis de Turquie, autour d'une table éclairée par

---

1. Ce projet d'une *Monographie de la vertu* figure encore parmi les *Études analytiques* dans le « Catalogue des ouvrages dont se composera *La Comédie humaine* », établi par le romancier en 1844 ; Balzac n'en écrivit jamais rien. **2.** La puissante maison d'Este régnait sur Ferrare, duché de la plaine du Pô, depuis la seconde moitié du XIIe siècle. Peu après Balzac, Hugo fit d'Alphonse d'Este, duc de Ferrare de 1505 à sa mort (1534), l'un des personnages de son drame *Lucrèce Borgia*, dont le sous-titre est d'ailleurs *Un souper à Ferrare* (théâtre de la Porte-Saint-Martin, 3 février 1833) ; rien ne s'oppose chronologiquement à ce qu'Alphonse soit l'invité de Belvidéro, mais Balzac ne s'en est probablement pas soucié. **3.** Cette époque est assez bien déterminée par diverses allusions (que nous éluciderons dans les notes) : nous sommes au début du XVIe siècle. **4.** Le mot « lambris » évoque plutôt pour nous un revêtement mural de bois, mais il désigne en réalité toute application décorative sur une paroi intérieure, sur toute la hauteur ou jusqu'à hauteur d'appui ; le matériau utilisé pouvait lui-

des bougies parfumées, sept femmes étaient assises, et, joyeuses, disaient de doux propos. Vêtues de satin, étincelantes d'or et chargées de pierreries, qui brillaient moins que leurs yeux vifs, elles racontaient, toutes, des passions énergiques, mais diverses comme leur beauté. Elles ne différaient ni par les mots ni par les idées ; seulement, l'air, un regard, quelques gestes ou l'accent servaient de commentaires à leurs paroles.

L'une semblait dire : « Ma beauté sait réchauffer le cœur glacé des vieillards. »

L'autre : « J'aime à rester couchée sur des coussins, pour penser avec ivresse à ceux qui m'adorent. »

Une troisième, novice de ces fêtes, voulait rougir : « Au fond du cœur je sens un remords ! disait-elle. Je suis catholique, et j'ai peur de l'enfer ; mais je vous aime tant... oh ! tant et tant — que je puis vous sacrifier l'éternité. »

La quatrième, vidant une coupe de vin de Chio [1], s'écriait : « Vive la gaieté ! Je prends une existence nouvelle à chaque aurore ! Oublieuse du passé, nonchalante de la veille, tous les soirs j'épuise une vie de bonheur, une vie pleine d'amour !... »

La femme assise auprès de Belvidéro le regardait d'un œil enflammé. Elle était silencieuse : « Je ne m'en remettrais pas à des *Bravi* [2] pour tuer mon amant, s'il m'abandonnait !... » Puis elle avait ri ; mais sa main convulsive brisa un drageoir [3] d'or miraculeusement sculpté.

« Quand seras-tu grand-duc [4] ?... » demanda la

---

même être peint ou enrichi (ainsi que l'indique l'expression « sous les lambris dorés »).

1. Chios, Chio ou Scio, île de l'est de la mer Égée, avait été portée sur le devant de la scène par le succès du tableau de Delacroix *Les Massacres de Scio* (Salon de 1824), et plus récemment par celui de « L'enfant », poème des *Orientales* de Victor Hugo, recueil publié en janvier 1829. Les vins de Chio étaient fameux depuis l'Antiquité. **2.** Un *bravo* (mot italien) est un tueur à gages. **3.** Coupe où l'on disposait des dragées ou d'autres denrées (voir Huysmans, *Le Drageoir aux épices*, 1874). **4.** C'est-à-dire : quand hériteras-tu du pouvoir et du titre ? D'où l'enchaînement tout naturel avec la même question, posée plus crûment, à don Juan.

sixième au prince avec une expression de joie meurtrière dans les dents, et du délire bachique dans les yeux.

« Et toi, quand ton père mourra-t-il ?... » reprit la septième en riant et en jetant son bouquet à don Juan par un geste enivrant de folâtrerie.

C'était une innocente jeune fille accoutumée par le pape Borgia[1] à jouer avec toutes les choses sacrées.

« Ah ! ne m'en parlez pas, s'écria le jeune et beau don Juan Belvidéro, il n'y a qu'un père éternel, dans le monde, et le malheur veut qu'il se trouve être le mien[2]. »

Les sept courtisanes de Ferrare, les amis de don Juan et le prince lui-même jetèrent un cri d'horreur. La saillie de leur amphitryon était antidatée de deux cents ans[3] ; sous Louis XV, les gens de bon goût en eussent ri. Mais peut-être aussi, au commencement d'une orgie les âmes avaient-elles encore trop de lucidité ? Et, malgré le feu des bougies, le cri des passions, l'aspect des vases d'or et d'argent, la fumée des vins ; malgré la contemplation des femmes les plus ravissantes, peut-être y avait-il, au fond des cœurs, un peu de vergogne[4] pour les choses humaines et divines, dont l'édifice connu sous le nom de *société* allait sans doute disparaître dans quelques instants et s'écrouler dans le vin ? Déjà les fleurs avaient été froissées, les yeux s'hébétaient, et l'ivresse gagnait, selon l'expression de Rabelais, même les sandales[5].

---

1. Alexandre VI (1431-1503), pape à partir de 1492, renommé pour la corruption de son caractère et de ses mœurs. Il était le père de Lucrèce Borgia. Les mots « par le pape Borgia » sont supprimés dans l'édition Furne, en concordance avec une autre correction du même type (voir p. 56 et n. 1). **2.** Ce jeu de mots irrévérencieux sur la périphrase « le Père éternel » (qui désigne communément Dieu) est repris, en un sens différent, dans *Le Père Goriot* (éd. S. Vachon, Le Livre de Poche, n° 757, p. 140) et dans *Splendeurs et misères des courtisanes* (éd. M. Ménard, Le Livre de Poche, n° 6491, p. 187). **3.** Autre élément de datation approchée de la scène. Amphitryon : l'hôte, celui qui reçoit. **4.** Honte, pudeur. Le mot ne s'emploie plus que dans l'expression négative « sans vergogne ». **5.** Rabelais situe la limite raisonnable de l'ivresse du buveur au moment où « le liège de ses pantoufles enfl[e] en haut d'un demi-pied » (*Gargantua*, chap. XXI).

En ce moment de silence, une porte s'ouvrit ; et, comme au festin de Balthasar, Dieu se fit reconnaître[1]. Il apparut sous les traits d'un vieux domestique en cheveux blancs, à la démarche tremblante, aux sourcils contractés. Entrant d'un air triste, il flétrit d'un regard les couronnes, les coupes de vermeil, les pyramides de fruits, l'éclat de la fête, la pourpre des visages étonnés et des coussins foulés par les bras blancs des femmes ; bref, il emporta toute leur folie en disant ces sombres paroles d'une voix basse et creuse :

« Monsieur... votre père se meurt !... »

Don Juan se leva en faisant à ses hôtes et au prince un geste qui peut se traduire par : « Excusez-moi, ceci n'arrive pas tous les jours. »

Est-ce que la mort d'un père ne surprend pas souvent les jeunes gens au milieu des splendeurs de la vie, au sein des folles idées d'une orgie ? La mort est aussi soudaine dans ses caprices qu'une courtisane dans ses dédains. Elle est femme, mariée au genre humain et... fidèle. Où est l'homme qu'elle a trompé ?...

Quand don Juan eut fermé la porte de la salle et qu'il marcha dans une longue galerie, froide autant qu'obscure, il s'efforça de prendre une contenance de théâtre[2] ; car, en songeant à son rôle de fils, il avait jeté avec joie sa serviette.

La nuit était noire. Le silencieux serviteur qui conduisait le jeune homme vers une chambre mortuaire éclairait assez mal son maître, de sorte que la MORT, aidée par le froid, le silence, l'obscurité et par une réaction d'ivresse, put glisser quelques réflexions dans l'âme de ce dissipateur. Il interrogea sa vie et devint

---

1. Allusion à un épisode de la Bible (Livre de Daniel, chap. v, versets 1-28) ; voir la Préface, p. 20. **2.** C'est-à-dire une contenance hypocrite. Mais cette expression, et aussi les mots « son rôle de fils » constituent en même temps un hommage implicite aux incarnations scéniques de cette hypocrisie, notamment lorsque le dom Juan de Molière berne son père en le laissant croire à son repentir (*Dom Juan*, acte V, scène I).

pensif comme un homme qui va voir juger un de ses procès[1].

Bartholoméo Belvidéro, père de don Juan, était un vieillard nonagénaire qui avait passé la majeure partie de sa vie dans les laborieuses espérances du commerce. Ayant traversé souvent les mystérieuses contrées de l'Orient, il y avait acquis d'immenses richesses et des connaissances plus précieuses, disait-il, que l'or et les diamants, dont alors il ne se souciait plus guère.

« Je préfère une dent à un rubis, et le pouvoir au savoir !... » s'écriait-il en souriant.

Ce bon père aimait à entendre don Juan lui raconter une étourderie de jeunesse, et il disait d'un air goguenard, en lui prodiguant l'or : « Mon cher enfant, ne fais que les sottises qui t'amuseront !... »

C'était le seul vieillard qui éprouvât du plaisir à voir un jeune homme. Il jouissait de l'avenir de son fils comme si cette brillante vie eût été l'espérance de sa tombe.

À l'âge de soixante ans, Belvidéro s'était épris d'un ange de paix et de beauté. Don Juan avait été le seul fruit de cette tardive et passagère amour[2]. Aussi ne faut-il pas demander si le vieux Bartholoméo aimait son fils, le vivant portrait de cette femme adorée !

Depuis quinze années, il déplorait la perte de sa chère Juana. Ses nombreux serviteurs et son fils attribuaient à cette douleur de vieillard les habitudes singulières qu'il avait contractées. En effet, Bartholoméo, réfugié dans l'aile la plus incommode de son palais, n'en sortait que très rarement ; et don Juan lui-même ne pouvait pénétrer dans l'appartement de son père sans en avoir obtenu la permission. Si ce volontaire anachorète[3] allait et venait dans le palais ou par les rues de Ferrare, il semblait chercher une chose qui lui

---

1. Comprendre : un procès où il est en cause. À partir de l'édition Werdet (voir la Préface, p. 16), le texte devient : « comme un homme en procès qui s'achemine au tribunal ». 2. Balzac met volontiers au féminin le mot « amour », qui ne prend en principe ce genre qu'au pluriel. 3. Ermite, religieux vivant dans la solitude.

manquait, marchant tout rêveur, indécis, préoccupé comme un homme en guerre avec une idée ou avec un souvenir. Pendant que le jeune homme donnait des fêtes somptueuses, et que le palais retentissait d'éclats de joie ; que les chevaux piaffaient dans les cours ; que les pages se disputaient en jouant aux dés sur les degrés[1], Bartholoméo mangeait sept onces[2] de pain et buvait de l'eau. S'il lui fallait un peu de volaille, c'était pour en donner les os à un barbet[3] noir, son compagnon fidèle. Il ne se plaignait jamais du bruit. Même durant sa maladie, si le son du cor et les aboiements des chiens le surprenaient dans son sommeil, il se contentait de dire :

« Ah ! c'est don Juan qui rentre !... »

Jamais sur cette terre un père si commode et si indulgent ne s'était rencontré ! Aussi le jeune Belvidéro, accoutumé à le traiter sans cérémonie, avait-il tous les défauts des enfants gâtés. Il vivait avec Bartholoméo comme une capricieuse courtisane avec un vieil amant, faisant excuser une impertinence par un sourire, vendant sa belle humeur, et se laissant aimer.

En reconstruisant, par une pensée, le tableau de ses jeunes années, don Juan s'aperçut qu'il lui serait difficile de trouver la bonté de son père en faute. Alors entendant, au fond de son cœur, naître un remords, au moment où il traversait la galerie, il se sentit près de pardonner à Belvidéro d'avoir si longtemps vécu. Il revenait à des sentiments de piété filiale, comme un voleur devient honnête homme — en dérobant un million[4].

Bientôt le jeune homme franchit les hautes et froides salles qui composaient l'appartement de son père ; et,

---

1. Les marches du palais. **2.** Un peu plus de deux cents grammes ; en 1835 Balzac précisa : « sept onces de pain par jour ». **3.** Variété d'épagneul à poils longs et frisés, très affectueux, utilisé autrefois comme chien d'aveugles — détail évidemment important pour la suite de l'histoire (voir p. 58). **4.** C'est-à-dire : après avoir volé un million. Le texte, à partir de l'édition de 1835, est plus explicite (« comme un voleur devient honnête homme par la jouissance possible d'un million, bien dérobé »).

après avoir éprouvé les effets d'une atmosphère humide, respiré l'air épais, l'odeur rance qui s'exhalaient de vieilles tapisseries et d'armoires couvertes de poussière, il se trouva dans la chambre antique du vieillard, devant un lit nauséabond, auprès d'un foyer presque éteint. Une lampe, posée sur une table de forme gothique, jetait, par intervalles inégaux, des nappes de lumière plus ou moins forte sur le lit, montrant ainsi la figure du vieillard sous des aspects toujours différents. Le froid sifflait à travers les fenêtres mal fermées ; et la neige, en fouettant sur les vitraux, produisait un bruit sourd.

Cette scène formait un contraste si heurté avec celle que don Juan venait d'abandonner, qu'il ne put s'empêcher de tressaillir. Puis, il eut froid quand, en approchant du lit, une assez violente rafale[1] de lueur, poussée par une bouffée de vent, illumina la tête de son père : les traits en étaient décomposés ; la peau, collée fortement sur les os, avait des teintes verdâtres que la blancheur de l'oreiller sur lequel le vieillard reposait rendait encore plus horribles ; contractée par la douleur, la bouche entrouverte et dénuée de dents laissait passer quelques soupirs qui, s'accordant parfois avec les hurlements de la tempête, semblaient avoir encore plus d'énergie.

Malgré ces signes de destruction, il éclatait sur cette tête un caractère incroyable de puissance. Un esprit supérieur y combattait la mort. Les yeux, creusés par la maladie, gardaient une fixité singulière. Il semblait que Bartholoméo cherchât à tuer, par son regard de mourant, un ennemi assis au pied de son lit. Ce regard, fixe et froid, était d'autant plus effrayant que la tête restait dans une immobilité semblable à celle des crânes posés sur une table chez les médecins. Le corps, entièrement dessiné par les draps du lit, annonçait que les membres du vieillard gardaient la même raideur. —

1. « [...] en approchant [...] une rafale » : cette construction du français classique serait aujourd'hui incorrecte (le sujet du verbe de la subordonnée devrait être « il », représentant don Juan).

Tout était mort, moins les yeux. Les sons qui sortaient de la bouche avaient même quelque chose de mécanique.

Don Juan éprouva une certaine honte d'arriver auprès du lit de son père mourant en tenant un bouquet de courtisane à la main ; en y apportant les parfums d'une fête et les senteurs du vin.

« Oh ! oh ! » s'écria le vieillard en apercevant son fils.

Au même moment, la voix pure et légère d'une cantatrice qui enchantait les convives, fortifiée par les accords du théorbe [1] dont elle s'accompagnait, domina le râle de l'ouragan, et retentit jusque dans cette chambre funèbre. Don Juan n'entendit rien ; mais Bartholoméo lui dit :

« Tu t'amusais, mon enfant ?... »

Ce mot plein de douceur fit mal à don Juan, qui ne pardonna pas à son père cette poignante bonté.

« Oui, répondit-il d'une voix troublée, ... et ce sera, pour moi, le sujet d'un remords éternel...

— Pauvre Juanito [2] !... reprit le mourant d'une voix sourde, j'ai toujours été si doux pour toi, que tu ne saurais désirer ma mort ?...

— Oh ! s'écria don Juan, s'il était possible de vous rendre la vie en donnant une partie de la mienne... »

« Ces choses-là peuvent toujours se dire !... pensait le dissipateur ; c'est comme si j'offrais le monde à ma maîtresse... »

À peine sa pensée était-elle achevée que le vieux barbet aboya. Cette voix intelligente fit frémir don Juan : il crut avoir été compris par le chien.

« Je savais bien, mon fils, que je pouvais compter

---

1. Luth à deux manches et dix-neuf cordes, à registre grave, en grande vogue pour la musique de chambre au XVIe siècle. Dans l'édition Furne Balzac eut l'idée étrange de remplacer le théorbe à cordes pincées par une viole (l'ancêtre de l'alto), instrument à archet dont il est nettement moins vraisemblable qu'une chanteuse puisse commodément s'accompagner elle-même. **2.** Voir *El Verdugo*, p. 31, où l'héritier des Léganès est déjà désigné par le même diminutif.

sur toi !... s'écria le moribond. Je vivrai. Va, tu seras content !... Je vivrai, mais sans enlever un seul des jours qui t'appartiennent.

— Il a le délire », se dit don Juan.

Puis il ajouta tout haut : « Oui, mon père chéri, vous vivrez, certes, autant que moi, car votre image sera sans cesse dans mon cœur...

— Il ne s'agit pas de cette vie-là !... », dit le vieux seigneur en rassemblant ses forces pour se dresser sur son séant, et tout ému par un de ces soupçons qui ne naissent que sous le chevet[1] des mourants.

« Écoute, mon fils, reprit-il d'une voix affaiblie par ce dernier effort, je n'ai pas plus envie de mourir, que toi, de te passer de maîtresses, de vin, de chevaux, de faucons, de chiens et d'or !...

— Je le crois bien !... » pensa encore le fils en s'agenouillant au chevet du lit et en baisant une des mains cadavéreuses de Bartholoméo.

« Mais, reprit-il, mon père, mon cher père, il faut se soumettre à la volonté de Dieu !...

— Dieu !... » répliqua le vieillard en grommelant.

« Ne blasphémez pas[2] !... s'écria le jeune homme en voyant l'air menaçant que prirent les traits de son père. Gardez-vous-en bien, vous avez reçu l'extrême-onction[3] !...

— Veux-tu m'écouter ?... » s'écria le mourant dont la bouche grinça.

Don Juan se tut ; et alors un horrible silence régna. À travers les sifflements lourds de la neige, les accords du théorbe et la voix délicieuse arrivèrent encore, faibles comme un jour naissant. Le moribond sourit.

« Tu as bien fait d'inviter des cantatrices, d'avoir de la musique !... Une fête... des femmes jeunes et belles...

---

1. Le mot est pris au sens propre : coussin de tête, traversin. **2.** Le blasphème n'est ici que dans le ton ; Balzac explicita tardivement en précisant dans l'édition Furne : « Dieu, c'est moi. » **3.** Onction d'huiles saintes et prières destinées aux fidèles en danger de mort ; on l'appelle de nos jours le « sacrement des malades ».

blanches, à cheveux noirs !... tous les plaisirs de la vie... — Fais-les rester... Je vais renaître...

— Le délire est à son comble !... dit[1] don Juan.

— ... J'ai découvert un moyen de ressusciter. — Tiens ! — Cherche dans le tiroir de cette table. — Tu l'ouvriras en pressant un ressort caché par le griffon[2].

— J'y suis, mon père ?...

— Là... bien, — prends un petit flacon de cristal de roche[3].

— Le voici...

— J'ai employé vingt ans à... »

En ce moment le vieillard, sentant approcher sa fin, rassembla toute son énergie pour dire : « Aussitôt que j'aurai rendu le dernier soupir... tu me frotteras de cette eau. Je renaîtrai !...

— Il y en a bien peu », répliqua le jeune homme.

Bartholoméo ne pouvait plus parler ; mais il avait encore la faculté d'entendre et de voir ; alors, sa tête se tournant vers don Juan par un mouvement d'une effrayante brusquerie, son cou resta tordu comme celui d'une statue que la pensée du sculpteur a condamnée à regarder de côté. Ses yeux agrandis contractèrent une hideuse immobilité... Il était mort, — mort en perdant sa seule et dernière illusion...

En cherchant un asile dans le cœur de son fils, il y trouvait une tombe plus creuse que les hommes ne la font, d'habitude, à leurs morts. Aussi, ses cheveux avaient été éparpillés par l'horreur et son regard convulsé parlait encore. — C'était un père se levant avec rage de son sépulcre pour demander vengeance à Dieu !

« Tiens ! tout est fini !... » s'écria don Juan.

---

1. On attendrait : « se dit » ; mais c'est bien le texte de toutes les éditions. **2.** Les meubles anciens ont souvent les pieds façonnés en forme de pieds de griffon (animal mythologique à corps de lion, tête et ailes d'aigle), ou sont décorés de têtes de griffon : c'est le cas ici, où ce griffon sert de poignée au tiroir de la table. **3.** On disait couramment « cristal de roche » pour distinguer le cristal (au sens où nous parlons de verres en cristal) des autres cristaux naturels.

Ayant d'abord présenté le mystérieux cristal à la lueur de la lampe, comme un buveur consulte sa bouteille à la fin d'un repas, il n'avait pas vu blanchir l'œil de son père.

Le chien, béant, contemplait alternativement son maître mort et l'élixir ; de même que don Juan regardait tour à tour son père et la fiole. — La lampe jetait des flammes ondoyantes. — Le silence était profond, le théorbe, muet.

Belvidéro tressaillit en croyant voir son père se remuer... Alors, intimidé par l'expression raide de ces yeux accusateurs, il les ferma, — comme il aurait poussé une persienne battue par le vent pendant une nuit d'automne. — Il se tint debout, immobile, perdu dans un monde de pensées.

Tout à coup un bruit aigre, semblable au cri d'un ressort rouillé, rompit ce silence. Don Juan, surpris, faillit laisser tomber le flacon. Une sueur, plus froide que l'acier d'un poignard, sortit de ses pores...

Un coq de bois peint surgit au-dessus d'une horloge et chanta trois fois...

C'était une de ces ingénieuses machines[1] à l'aide desquelles les savants de cette époque se faisaient éveiller à l'heure fixée pour leurs travaux.

L'aube rougissait déjà les croisées. — Don Juan avait passé dix heures à réfléchir. — La vieille horloge était plus fidèle que lui dans l'accomplissement de ses devoirs envers Bartholoméo. — Ce mécanisme se composait de bois, de poulies, de cordes, de rouages, tandis que — lui — avait ce mécanisme particulier à l'homme, nommé — un cœur[2].

Pour ne plus s'exposer à perdre la mystérieuse

---

1. Ce que nous appelons un « coucou », parce que ces premiers ancêtres du réveille-matin, fabriqués en Allemagne, faisaient entendre le chant de cet oiseau plutôt que celui du coq, choisi ici par Balzac pour des raisons religieuses (voir la Préface, p. 20-21). **2.** Exemple caractéristique de ponctuation expressive d'époque.

liqueur, le sceptique don Juan la replaça dans le tiroir de la petite table gothique.

En ce moment solennel, il entendit dans les galeries un tumulte sourd : c'étaient des voix confuses, des rires étouffés, des pas légers, les froissements de la soie, enfin le bruit d'une troupe joyeuse qui tâche de se recueillir. La porte s'ouvrit ; et le prince, les amis de don Juan, les sept courtisanes, les cantatrices apparurent dans le désordre bizarre où se trouvent des danseuses surprises par les lueurs du matin, quand le soleil lutte avec les feux pâlissants des bougies. — Ils arrivaient tous pour donner au jeune héritier les consolations d'usage...

« Oh ! oh ! le pauvre don Juan a pris cette mort au sérieux !... dit le prince à l'oreille de la Brambilla [1].

— Mais, son père était un bonhomme [2]... », répondit-elle.

Cependant les méditations nocturnes de don Juan avaient imprimé à ses traits une expression de stupeur si frappante, qu'elle imposa silence à ce groupe. Les hommes restèrent immobiles. — Les femmes, dont les lèvres étaient séchées par le vin, dont les joues avaient été marbrées par des baisers, s'agenouillèrent et se mirent à prier... Don Juan ne put s'empêcher de tressaillir en voyant les splendeurs, les joies, les rires, les chants, la jeunesse, la beauté, le pouvoir, toute la vie personnifiée se prosterner ainsi devant la mort !... Mais, dans cette adorable Italie, la débauche et la religion s'accouplaient alors si bien, que la religion y était une débauche et la débauche une religion !

Le prince serra affectueusement la main de don Juan ; puis, toutes les figures ayant formulé simultané-

---

1. Ce nom, courant en Italie, est notamment celui d'une cantatrice née en 1807 — mais qui ne vint à Paris qu'en 1835 ; Balzac a plutôt pensé au conte d'Hoffmann intitulé *La Princesse Brambilla* (1820). **2.** Le mot « bonhomme », en un mot, désigne dans la langue classique un homme simple et bon, mais aussi un vieillard ; pour l'édition Furne, Balzac corrigea de manière à exprimer plus exactement la réaction de la Brambilla (« son père était un bien bon homme »).

ment une même grimace mi-partie[1] de tristesse et d'indifférence, cette fantasmagorie disparut, laissant la salle vide. — C'était bien une image de la vie !

En descendant les escaliers, le prince dit à la Rivarabella : « Hein ! Qui aurait cru don Juan un fanfaron d'impiété[2] ?... Il aime son père !...

— Avez-vous remarqué le chien noir ?... demanda la Brambilla.

— Le voilà immensément riche !... repartit en soupirant la Bianca Cavatolino.

— Que m'importe !... s'écria la fière Varonèse[3], qui avait brisé le drageoir.

— Comment, que t'importe ?... s'écria le duc, mais il est plus prince que moi avec ses écus ! »

D'abord don Juan, balancé par mille pensées, flotta entre plusieurs partis ; mais, après avoir pris conseil du trésor amassé par son père, il revint, sur le soir, dans la chambre mortuaire, l'âme grosse d'un effroyable égoïsme.

Il trouva dans l'appartement tous les gens de sa maison occupés à rassembler les ornements du lit de parade sur lequel *feu monseigneur* allait être exposé le lendemain, au milieu d'une superbe chambre ardente[4], curieux spectacle que tout Ferrare devait venir admirer. Don Juan fit un signe et ses gens s'arrêtèrent tous, interdits, tremblants...

« Laissez-moi seul ici... dit-il d'une voix altérée. Vous n'y rentrerez qu'au moment où j'en sortirai. »

Quand les pas du vieux serviteur, qui s'en allait le dernier, ne retentirent plus que faiblement sur les

---

1. Mi-parti : composé de deux moitiés dissemblables ; cet adjectif qualifie notamment un blason composé de deux écus coupés en deux par le biais et réunis tête-bêche. **2.** Un fanfaron est un homme qui se vante de qualités ou de vices qu'il n'a pas. Le sens de cette question est donc : « Qui aurait cru que don Juan, qui se vantait d'être impie, est en réalité un bon chrétien ? » **3.** Les noms Rivarabella, Cavatolino, Varonèse sont imaginaires. **4.** Chambre ardente ou, plus souvent, chapelle ardente : lieu aménagé pour l'exposition des morts et éclairé par de nombreux cierges.

dalles, don Juan ferma précipitamment la porte, et sûr d'être seul, s'écria :

« Essayons !... »

Le corps de Bartholoméo était couché sur une longue table. Pour dérober à tous les yeux le hideux spectacle d'un cadavre qu'une extrême décrépitude et la maigreur rendaient semblable à un squelette, les embaumeurs avaient posé sur le corps un drap qui l'enveloppait, moins la tête. Cette espèce de momie gisait au milieu de la chambre ; et le drap, naturellement souple, en dessinait vaguement les formes, mais aiguës, raides et grêles. Le visage était déjà marqué de larges taches violettes qui indiquaient la nécessité d'achever l'embaumement.

Malgré le scepticisme dont il était armé, don Juan trembla en débouchant la magique fiole de cristal. Quand il arriva près de la tête, il fut même contraint d'attendre un moment, tant il frissonnait. Mais ce jeune homme avait été, de bonne heure, savamment corrompu par les mœurs d'une cour dissolue ; et alors, une réflexion digne du pape Alexandre [1] vint lui donner un courage que fortifiait encore la curiosité.

Il semblait que le démon lui eût soufflé ces mots qui résonnèrent dans son cœur :

« *Imbibe un œil !* »

Il prit un linge, et, après l'avoir parcimonieusement mouillé dans la précieuse liqueur, il le passa légèrement sur la paupière droite du cadavre. L'œil s'ouvrit.

« Ah ! ah ! » dit don Juan, en pressant le flacon dans sa main, comme nous serrons, en rêvant, la branche à laquelle nous sommes suspendus au-dessus d'un précipice.

Il voyait un œil plein de vie, un œil d'enfant dans une tête de mort. La lumière y tremblait au milieu d'un pur, d'un jeune fluide ; et, protégée par de beaux cils noirs, elle scintillait pareille à ces lueurs uniques que

---

1. Alexandre VI Borgia, déjà nommé ; cette allusion est, comme la première (voir p. 45 et n. 1), supprimée lors de l'édition Furne, au profit d'une allusion beaucoup plus indéterminée au « duc d'Urbin ».

le voyageur aperçoit dans une campagne déserte, par les soirs d'hiver[1]. — Cet œil flamboyant paraissait vouloir s'élancer sur don Juan ; et il pensait, accusait, condamnait, menaçait, jugeait, parlait, il criait, il mordait. Toutes les passions humaines s'y agitaient : c'étaient les supplications les plus tendres ; puis une colère de roi ; l'amour d'une jeune fille demandant grâce à ses bourreaux ; et le regard profond que jette un homme sur les hommes en gravissant la dernière marche de l'échafaud. Il y avait enfin tant de vie dans ce fragment de vie, que don Juan épouvanté recula. Il se promena par la chambre, sans oser regarder cet œil, mais il le voyait dans les planchers[2], sur les tapisseries, partout. La chambre était parsemée de pointes de feu, de vie, d'intelligence... Toujours des yeux qui aboyaient après lui !

« Il aurait bien revécu cent ans !... » s'écria-t-il involontairement, au moment où, ramené devant son père par une influence diabolique, il contemplait cette étincelle lumineuse.

Tout à coup la paupière intelligente se ferma et se rouvrit brusquement, comme celle d'une femme qui consent.

Une voix aurait crié : « Oui ! » don Juan n'aurait pas été plus effrayé.

« Que faire ?... » pensa-t-il.

Il eut le courage d'essayer de clore cette paupière blanche ; mais tous ses efforts furent inutiles.

« Le crever ?... Ce sera peut-être un parricide !... se demanda-t-il.

— Oui !... dit l'œil par un clignotement d'une étonnante ironie.

— Ah ! bah ! s'écria don Juan, il y a de la sorcellerie là-dedans !... »

Et il s'approcha de l'œil pour l'écraser. Une grosse

---

1. L'expression, imprécise, semble désigner les feux follets, auxquels jadis s'attachait une crainte superstitieuse. **2.** Comprendre : les plafonds (sens classique, encore courant au XIXe siècle).

larme roula sur les joues creuses du cadavre ; et, de là, sur la main de Belvidéro.

« Elle est brûlante !... » s'écria-t-il.

Alors il s'assit. Cette lutte l'avait fatigué comme s'il avait combattu, à l'exemple de Jacob, contre un ange[1]. Enfin il se leva en disant :

« Pourvu qu'il n'y ait pas de sang ! »

Puis, rassemblant tout ce qu'il faut de courage pour être lâche, il écrasa l'œil, en le foulant avec un linge, mais sans le regarder.

Un grand gémissement sortit, plaintif, terrible. — Le pauvre barbet expirait en hurlant[2].

« Serait-il dans le secret ?... » se demanda don Juan, en regardant le fidèle animal.

Croyez-vous[3] que je me sois joué de vous ? — Non. Ce récit n'est pas une plaisanterie ? ne le prenez pas pour une œuvre de déception[4] dans laquelle un auteur *fait de l'atroce* pour le plaisir des jeunes filles. — Je n'ai pas entrepris d'enseigner une manière d'éborgner la mort !... Attendez, vous n'êtes pas encore arrivés au moment où vous pourrez frémir sans avoir à rougir de votre peur...

Maintenant. — Essayez de deviner la conduite que tiendraient, en des conjonctures à peu près semblables, les honnêtes gens qui, au dix-neuvième siècle, prennent

---

1. Allusion à un épisode fameux de la vie du patriarche Jacob, dans la Bible (Genèse, chap. XXXII, versets 25-33) ; voir la Préface, p. 21. **2.** Phénomène inexplicable propre aux histoires de sorcellerie ? Le mot a été dit par don Juan lui-même quelques lignes plus haut — mais voir, p. 48, la note 3 sur le barbet comme chien d'aveugles. **3.** Ici commence, dans la *Revue de Paris* et dans les deux premières éditions, une adresse au lecteur que, dans l'édition Furne, Balzac a décidé de retirer du texte pour en faire, après modifications, une dédicace « Au lecteur » (ce changement a été commenté dans la Préface, p. 19-20). Le texte de 1846 figure en annexe, p. 83-85. **4.** Comprendre : une œuvre séduisante, attrayante. Balzac emploie souvent aussi l'adjectif « décevant » dans la même acception.

de l'argent à rentes viagères, sur la foi d'un catarrhe[1], ou ceux qui louent une maison à une vieille femme pour le reste de ses jours ?... Je cuide[2] qu'ils ne ressusciteraient pas leurs rentiers !

Je désirerais que des peseurs-jurés de conscience examinassent quel degré de similitude existe entre don Juan et les pères qui marient leurs enfants à des filles à cause *des espérances*[3] ?

La société *humaine* qui marche, à entendre quelques philosophes, dans une *voie de progrès*[4], a considéré comme un pas vers le bien l'art d'attendre les trépas. Cette science a créé des métiers honorables au moyen desquels un homme vit de la mort. Certaines personnes espèrent, par état, un décès. Elles le couvent et le guettent. Elles s'accroupissent chaque matin sur un cadavre, et s'en font un oreiller le soir : ce sont les coadjuteurs[5], les cardinaux[6], les surnuméraires[7], les tontiniers[8], etc. Ajoutez-y beaucoup de gens délicats, empressés d'acheter une propriété dont le prix dépasse la somme de leurs capitaux ; mais qui établissent logiquement et à froid les chances de vie qui restent à leurs pères ou à leurs belles-

---

1. Rhume persistant ou chronique. Balzac, dans le passage qui commence ici, dénonce la spéculation qui consiste à espérer la mort rapide d'un proche : les « rentes viagères » qu'on sert à un malade coûtent d'autant moins qu'il meurt plus vite... Les divers exemples qui suivent précisent les choses. **2.** Je crois, j'imagine (forme déjà vieillie au XIXe siècle). **3.** À cause des héritages espérés. Nous maintenons le point d'interrogation final de la phrase, bien qu'il soit incorrect pour une interrogation indirecte ; la tournure est fréquente chez Balzac, et c'est ici le texte de toutes les éditions. **4.** Pique contre la philosophie humanitaire et optimiste de Ballanche ou des saint-simoniens ; Balzac s'en moquait volontiers. **5.** Ecclésiastique, déjà évêque le plus souvent, placé en second auprès d'un évêque titulaire âgé ou malade. **6.** Parce qu'ils espèrent devenir pape... (les cardinaux sont les dignitaires de l'Église qui élisent le nouveau pape). **7.** Employés non titulaires, recrutés en surnombre. **8.** Une tontine était une association d'épargnants dont les membres plaçaient en commun leurs capitaux pour toucher une rente viagère ; à chaque décès, la part de rente libérée était répartie entre les survivants ; le « gagnant » était donc celui qui restait seul, ayant successivement « espéré » la mort de tous les autres...

mères, octogénaires ou septuagénaires, disant : — « Avant trois ans j'hériterai nécessairement, et alors... »

Un meurtrier nous dégoûte moins qu'un espion, parce que le meurtrier a cédé peut-être à un moment de folie : il peut se repentir, s'ennoblir. Mais l'espion est toujours espion. Il est espion au lit, à table, en marchant, la nuit, le jour ; il est vil à toute minute. Que serait-ce donc d'être meurtrier comme un espion est vil[1] ?

Hé bien ! ne venez-vous pas de reconnaître au sein de la société une foule d'êtres amenés par nos lois, par nos mœurs, par les usages, à penser sans cesse à la mort des leurs, à la convoiter ? Ils pèsent ce que vaut un cercueil, en marchandant des cachemires pour leurs femmes, en gravissant l'escalier d'un théâtre, en désirant aller aux Bouffes[2], en souhaitant une voiture. Ils assassinent au moment où de chères créatures, ravissantes d'innocence, leur apportent, le soir, des fronts enfantins à baiser en disant : « Bonsoir, *père !...* »

Ils voient à toute heure des yeux qu'ils voudraient fermer, et qui se rouvrent, chaque matin, à la lumière, comme celui de Belvidéro... Dieu seul sait le nombre des parricides véniels qui se commettent par la pensée !...

Figurez-vous un homme ayant à servir mille écus de rente viagère[3] à une vieille femme, et n'étant, tous deux, séparés[4] à la campagne que par un ruisseau, assez étrangers l'un à l'autre pour pouvoir se haïr cor-

---

1. Ce paragraphe annonce une réplique analogue, adressée par le vertueux Michel Chrestien au « vil » Lucien de Rubempré : « Si tu avais le malheur de tuer ta maîtresse, je t'aiderais à cacher ton crime et pourrais t'estimer encore [...]. L'amitié pardonne l'erreur, le mouvement irréfléchi de la passion ; elle doit être implacable pour le parti pris de trafiquer de son âme, de son esprit et de sa pensée » (*Illusions perdues*, éd. Maurice Ménard, Le Livre de Poche, n° 862, p. 199). **2.** À l'époque ce mot désignait non les Bouffes-Parisiens, qui ne prirent ce nom qu'en 1855, mais le Théâtre-Italien, spécialisé dans l'opéra italien, qui se trouvait salle Favart (emplacement de l'Opéra-Comique actuel). **3.** Somme annuelle (dix mille euros environ). **4.** Balzac rédige non selon la correction grammaticale, mais en se laissant guider par le sens.

dialement sans manquer à ces convenances humaines qui mettent un masque d'amitié sur la figure de deux frères !... Quelle vie !...

Il existe un pays dans le monde où chaque citoyen peut disposer de sa fortune comme bon lui semble, sans être tenu d'en donner une obole à ses enfants. Là seulement il ne s'élève pas, entre les plus doux sentiments, des murs d'argent et d'or. À Washington[1], ce principe paraît simple ; mais en Europe, toute la civilisation repose sur un pivot : l'HÉRÉDITÉ !...

---

1. Éloge un peu inattendu, même sous la plume du Balzac libéral de 1830, de la liberté américaine ; lorsque, en 1846, il déplaça ce texte pour en faire la dédicace de la nouvelle, il supprima cette allusion et nuança sa phrase de façon à ce qu'elle n'apparaisse plus comme une critique de l'héritage, dont il était au contraire partisan (voir p. 84).

II

Fin

« Toutes les fois que Languet, curé de Saint-Sulpice, passait devant un savant critique surnommé le dénicheur de saints, il le saluait avec respect, disant : “J’ai toujours peur qu’il ne fasse un fripon de mon pauvre saint Sulpice !” »

(MONOGRAPHIE DE LA VERTU [1].)

Don Juan Belvidéro passa pour un fils très pieux. Il éleva un monument de *marbre blanc* sur la tombe de son père et confia l’exécution des figures aux plus célèbres artistes du temps. Il ne fut parfaitement tranquille que le jour où sa statue, agenouillée devant la tête de Bartholoméo, imposa son poids énorme sur cette fosse, au fond de laquelle il enterra le seul remords dont son cœur devait être chatouillé [2].

En inventoriant les immenses richesses amassées par le vieil orientaliste [3], don Juan devint avare. N’avait-il pas deux vies humaines à pourvoir d’argent ?

Aussi, embrassant d’autant mieux l’existence et le monde qu’il les voyait à travers un tombeau, il analysa tout pour en finir d’une seule fois avec le Passé, repré-

---

1. Voir p. 43 et n. 1. **2.** Le texte de cette phrase fut profondément modifié en 1835 pour l’édition Werdet (voir la Préface, p. 22). **3.** Balzac a dit plus haut que Bartholoméo a beaucoup voyagé en Orient pour son commerce et y a acquis « des connaissances plus précieuses [...] que l’or et les diamants » (p. 47) ; le mot désigne cependant, de façon habituelle, un spécialiste des langues et des littératures orientales plutôt qu’un initié proche du « sorcier ».

senté par l'Histoire ; le Présent, par la Loi ; l'Avenir, par les Religions.

Il prit l'âme et la matière, les jeta dans un creuset, n'y trouva rien, et dès lors il devint DON JUAN !...

Maître des illusions de la vie, il s'élança, jeune et beau, dans la vie, méprisant le monde, mais s'emparant du monde. Son bonheur n'était pas, vous pensez bien, cette félicité bourgeoise qui se repaît d'un *bouilli*[1] périodique, d'une douce bassinoire[2] en hiver, d'une lampe pour la nuit et de pantoufles neuves à chaque trimestre... Non, il se saisit de l'existence comme un singe d'une noix ; et, n'étant pas homme à s'amuser longtemps d'une marotte[3] creuse, il dépouilla savamment les vulgaires enveloppes du fruit pour en discuter[4] la pulpe savoureuse. Alors la poésie, les sentiments humains et l'exaltation ne lui allèrent pas même au cou-de-pied.

Il ne commit point la faute de ces hommes puissants qui, s'imaginant parfois que les petites âmes croient aux grandes, s'avisent d'échanger les hautes pensées de l'avenir contre la petite monnaie de nos idées viagères[5]. Il pouvait bien, comme eux, marcher les pieds sur terre et la tête dans les cieux ; mais il aimait mieux s'asseoir, et sécher, sous ses baisers, plus d'une lèvre de femme fraîche, tendre, humide et parfumée ; car, semblable à la Mort, là où il passait, il dévorait tout sans pudeur !... n'ayant qu'un amour de possession, un amour oriental, aux plaisirs longs et faciles.

---

1. C'est ce que nous appelons « pot-au-feu », avec la même nuance de moquerie à l'égard de la médiocrité routinière que symboliserait ce plat de famille modeste. **2.** Luxe des maisons d'autrefois, non chauffées (une bassinoire est un réservoir à braises muni d'un manche, dont on se sert pour tiédir les draps d'un lit). **3.** Une marotte est une poupée, une marionnette ; le mot désigne spécialement le bâton terminé par une tête coiffée de grelots (attribut des bouffons) et, au figuré, une idée fixe, une obsession. **4.** « Discuter » a ici le sens étymologique de « séparer en frappant », acception en accord avec l'image du singe cassant la noix. C'est le texte, surprenant au premier abord, de toutes les éditions. **5.** Dans le sens de « quotidiennes, ordinaires » ; mais le mot renvoie aussi à la page sur l'héritage et la spéculation.

N'aimant que *la femme* dans les femmes, il se confiait à la plus profonde ironie. Quand ses maîtresses se servaient d'un lit pour monter aux cieux, allant s'y perdre au sein d'une extase enivrante... alors don Juan les suivait, grave, expansif, aussi sincère qu'un étudiant allemand[1], mais il disait JE, quand sa maîtresse, folle, éperdue, disait NOUS !...

Il savait admirablement bien se laisser entraîner par une femme, toujours assez fort pour lui faire croire qu'il tremblait comme un jeune lycéen, disant à sa première partner[2], dans un bal : « Vous aimez la danse ? » Mais il savait aussi rugir à propos, tirer son épée puissante et briser les commandeurs[3]. Il y avait de la raillerie dans sa simplicité et du rire dans ses larmes, car il sut toujours pleurer autant qu'une femme, quand elle dit à son mari : « Donne-moi un équipage, ou je meurs de la poitrine. »

Pour les négociants, le monde est un ballot[4] ou une masse de billets en circulation ; pour la plupart des jeunes gens, c'est une femme ; pour quelques femmes, c'est un homme ; pour certains esprits, c'est un salon, une coterie, un quartier, une ville ; mais pour don Juan, l'univers était — lui ! Modèle de grâce et de noblesse, d'un esprit séduisant, il attacha sa barque à tous les rivages ; mais en se faisant conduire, il n'allait que jusqu'où il voulait être mené. Plus il vit et plus il douta. En examinant les hommes, il devina que souvent le courage était de la témérité ; la prudence, une poltronnerie ; la générosité, finesse ; la justice, un crime ; la délicatesse, une niaiserie ; la probité, une organisa-

---

1. Pris (ironiquement) comme le modèle du sérieux et de l'absence de dissimulation. **2.** Mot anglais assez récemment introduit dans la langue pour n'avoir pas encore son orthographe française. Dans les éditions Balzac remplaça ce mot à la mode par « danseuse », malgré le doublon ainsi produit avec « danse », aussitôt après. **3.** Renvoi explicite à la légende de don Juan telle que l'ont illustrée Molière et Mozart. **4.** Paquet de marchandises (diminutif de « balle »).

tion [1] ; et, par une singulière fatalité, il s'aperçut que les gens vraiment probes, délicats, justes, généreux, prudents et courageux, n'obtenaient aucune considération parmi les hommes.

« Quelle froide plaisanterie ! se dit-il. Elle ne vient pas d'un Dieu. »

Et alors, renonçant à un monde meilleur, il ne se découvrit jamais en entendant prononcer un nom [2], et considéra les saints de pierre dans les églises comme des œuvres d'art [3]. Aussi, comprenant le mécanisme des sociétés humaines, il ne heurtait jamais trop les préjugés parce qu'il n'était pas aussi puissant que le bourreau ; mais il tournait les lois sociales avec cette grâce et cet esprit si bien rendus dans sa scène avec M. Dimanche ; car il fut destiné à devenir le type du *Don Juan* de Molière [4], du *Faust* de Goethe, du *Manfred* de Byron et du *Melmoth* de Maturin [5]. Grandes images tracées par les plus grands génies de l'Europe, et auxquelles les accords de Mozart ne manqueront pas plus que la lyre de Rossini peut-être [6] !... Images ter-

---

1. Au sens physiologique ; certains sont honnêtes, non par morale, mais par tempérament, c'est-à-dire par hasard ; ces « probes » sans mérite s'opposent, dans le système cynique de don Juan, aux « gens vraiment probes » évoqués juste après dans le texte — et qui, eux, ne reçoivent pas la récompense de leur mérite réel. **2.** Sous-entendu : si respecté ou si sacré soit-il. **3.** Cf. l'épigraphe de ce chapitre II, p. 63, sur le « dénicheur de saints ». **4.** Balzac orthographie *Don Juan* au lieu de *Dom Juan* ; la célèbre entrevue au cours de laquelle le héros de Molière berne son tailleur M. Dimanche, constitue la scène III du IVe acte. **5.** De même que Musset qui, quelques mois après lui, fait de don Juan un héros romantique (dans son poème « Namouna », 1832), Balzac associe de façon significative dans la même énumération le *Dom Juan* de Molière à trois œuvres identifiées, dès 1830, comme des moments forts du romantisme européen : le premier *Faust* (1808), que la traduction de Gérard de Nerval (1827) venait de rendre célèbre ; le poème échevelé de Byron (1817) ; enfin le roman de Charles Maturin, *Melmoth ou l'Homme errant* (1820). Cette troisième œuvre est d'autant plus intéressante ici qu'elle raconte (comme *Faust*) une histoire de pacte avec le diable, et que Balzac, en 1837, lui donna un prolongement avec *Melmoth réconcilié*. **6.** À la date de la publication de *L'Élixir de longue vie* dans la *Revue de Paris*, on croit encore que la carrière de Rossini, qui vient de faire jouer *Guillaume Tell* (d'après le drame de Schiller, 3 août 1829), va se poursuivre ; en réalité le maître se retira après cet opéra et

ribles que le principe du mal, existant chez l'homme, éternise, et dont chaque siècle admire quelques copies :

Soit que ce type entre en pourparlers avec les hommes, comme Mirabeau [1] ;

Soit qu'il se contente d'agir en silence, comme Bonaparte ;

Ou de presser l'univers dans une ironie, comme le divin Rabelais [2] ;

Ou bien encore qu'il se rie des êtres, au lieu d'insulter aux choses, comme le maréchal de Richelieu [3] ;

Et mieux peut-être, soit qu'il se moque à la fois des hommes et des choses, comme le plus célèbre de nos ambassadeurs [4].

Mais le génie profond de don Juan Belvidéro résuma, par avance, tous ces génies ; car il se joua de tout. Sa vie était une moquerie qui embrassait hommes, choses, institutions et idées.

Quant à l'éternité, il avait causé familièrement une demi-heure avec le pape Jules II [5] ; et à la fin de la conversation, il lui dit en riant :

« S'il faut absolument choisir, j'aime mieux croire

---

n'écrivit plus jamais pour la scène : nous n'avons donc pas le *Don Giovanni* de Rossini qu'espère ici Balzac.

1. Ce célèbre révolutionnaire est ici rattaché au « principe du mal » parce qu'il passait, à la fin de sa vie (1790-1791), pour avoir mené un double jeu au profit de Louis XVI ; Balzac admirait son intelligence et son art oratoire. **2.** C'est la seconde fois que, dans ce court texte, Balzac cite l'auteur de *Gargantua*, pour l'humour féroce duquel son enthousiasme ne se démentit jamais. Presque en même temps que *L'Élixir de longue vie*, il publie, dans *La Silhouette* du 30 octobre 1830, un conte fantastique assez grinçant, intitulé « Zéro » (non recueilli dans *La Comédie humaine*), en le signant du pseudonyme d'« Alcofribas » qui rappelle celui de Rabelais lui-même (Alcofribas Nasier, anagramme de son prénom et de son nom). **3.** À ne pas confondre avec son grand-oncle le cardinal. Le maréchal de Richelieu (1696-1788) est le type du grand seigneur dépravé au XVIIIe siècle. **4.** Talleyrand ; il s'était rallié au nouveau roi Louis-Philippe après la chute de Charles X et venait d'être nommé ambassadeur en Angleterre (septembre 1830). **5.** Giuliano Della Rovere (1443-1513) succéda au pape Alexandre Borgia en 1503, sous le nom de Jules II : autre élément de repérage chronologique.

en Dieu qu'au diable ; il y a toujours de la ressource avec la puissance unie à la bonté.

— Oui ; mais Dieu veut qu'on fasse pénitence dans ce monde...

— Vous pensez donc toujours à vos indulgences[1] ?... répondit Belvidéro. Eh bien ! j'ai, pour me repentir des fautes de ma première vie, toute une existence en réserve.

— Ah ! parpaillot[2], s'écria le pape, tu risques d'être canonisé.

— Après votre élévation à la papauté[3], on peut tout croire. »

Et là-dessus, ils allèrent voir les ouvriers occupés à bâtir l'immense basilique consacrée à saint Pierre[4].

« Saint Pierre était l'homme de génie !... dit le pape à don Juan. Il mérite ce monument ; mais parfois, la nuit, je pense qu'un déluge passera l'éponge sur cela... et ce sera à recommencer... »

Don Juan et le pape se prirent à rire. Ils s'étaient entendus. Un sot serait allé, le lendemain, s'amuser avec Jules II chez Raphaël ou dans la délicieuse Villa-Madama[5] ; mais Belvidéro alla le voir officier pontifi-

---

1. On désignait par ce mot le pardon que certaines prières ou bonnes actions (un pèlerinage par exemple) permettaient d'obtenir et qui raccourcissait d'autant le nombre de jours que l'âme pécheresse devrait passer au purgatoire avant d'accéder au paradis. Dans les années 1510 c'est un sujet épineux : en 1517 Luther déclenche ce qui va devenir le protestantisme au sujet, justement, du trafic des indulgences dans l'Église catholique. **2.** Sobriquet par lequel on désignait un protestant et, par extension, un impie, un mécréant ; on le trouve dans Rabelais. Mais, Jules II étant mort en 1513, il est ici anachronique. Balzac supprima ce trait d'humour en 1835 et le texte devint : « Ah ! si tu comprends ainsi la vieillesse [...], tu risques d'être canonisé » (« Bibl. de la Pléiade », t. XI, p. 487). Canonisé : déclaré saint (c'est ce qui se passe à la fin de la nouvelle). **3.** Allusion aux circonstances dans lesquelles Giuliano Della Rovere devint pape en novembre 1503 ; le pape élu à la mort d'Alexandre Borgia, Pie III, protégé de César Borgia, ne régna que vingt-six jours ; Jules II le remplaça après avoir, ni plus ni moins, acheté les voix des cardinaux du camp Borgia (voir le récit de cette manœuvre à la fin du chapitre VII du *Prince* de Machiavel [1513]). **4.** Saint-Pierre de Rome, commencée en 1506, ne fut achevée qu'un siècle plus tard. **5.** Luxueuse villa romaine dont le peintre Raphaël avait dessiné les plans.

calement, afin de se convaincre de ses doutes. Dans une débauche, La Rovère aurait pu se démentir et commenter l'*Apocalypse*[1].

Mais cette légende n'est pas entreprise pour fournir des matériaux à ceux qui voudront écrire des mémoires sur la vie de don Juan ; elle est destinée à prouver aux honnêtes gens que Belvidéro n'est pas mort dans son duel avec une pierre, comme veulent le faire croire quelques lithographes[2].

Lorsque don Juan Belvidéro atteignit l'âge de soixante ans, il vint se fixer en Espagne[3]. Là, il épousa, sur ses vieux jours, une jeune et ravissante Andalouse ; mais il ne fut ni bon père ni bon époux. C'était un calcul. Il avait observé que nous ne sommes jamais si tendrement aimés que par les femmes auxquelles nous ne songeons guère. Dona[4] Elvire avait été saintement élevée par une vieille tante au fond de l'Andalousie, dans un château, à quelques lieues de San Lucar[5]. Elle était tout dévouement et toute grâce. Don Juan devina que cette jeune fille serait femme à longtemps combattre une passion avant d'y céder ; et alors il espéra pouvoir la conserver vertueuse jusqu'à sa mort[6]. Ce fut une plaisanterie sérieuse, une partie d'échecs

---

1. C'est-à-dire avouer sa peur du Jugement dernier, puisque ce texte de l'apôtre Jean évoque la fin du monde. La Rovère est la graphie française traditionnelle du nom de Jules II (voir p. 67, n. 5). **2.** La spectaculaire scène finale de la comédie de Molière ou de l'opéra de Mozart était fréquemment représentée par les illustrateurs. Il y a un jeu de mots sur « pierre », qui évoque la technique même de la lithographie, mais aussi la statue du commandeur que don Juan, dans les versions traditionnelles de la « légende », pour reprendre le mot de Balzac, a tué, et qui le punit de ce crime en l'entraînant en enfer. **3.** Le lecteur inattentif risque en effet d'oublier que le don Juan de Balzac est italien — mais s'il doit épouser l'Elvire de la tradition (citée quelques lignes plus loin), il faut bien que l'action se transporte en Espagne. **4.** Toutes les éditions impriment ce mot sans le *tilde* correspondant à la prononciation espagnole (doña). **5.** Plusieurs villages d'Andalousie portent ce nom, mais rien ne prouve que Balzac, qui ne connaissait pas l'Espagne, ait pensé à l'un plutôt qu'à l'autre : la touche de couleur locale suffit. **6.** Jusqu'à sa mort à lui (il parie qu'elle lui restera fidèle quelle que soit sa conduite à lui).

qu'il voulut se réserver de jouer pendant ses vieux jours.

Fort de toutes les fautes[1] commises par son père Bartholoméo, don Juan résolut de faire servir les moindres actions de sa vieillesse à la réussite du drame qui devait s'accomplir sur son lit de mort. Ainsi la plus grande partie de ses richesses resta enfouie dans les caves de son palais à Ferrare, où il allait rarement. Quant à l'autre moitié de sa fortune, elle fut placée en viager[2], afin d'intéresser à la durée de sa vie et sa femme et ses enfants, essayant de remplacer les sentiments dont il avait privé son père par les soins de la cupidité. Mais cette spéculation de machiavélisme ne lui fut pas très nécessaire. Le jeune Philippe Belvidéro, son fils, devint un Espagnol aussi consciencieusement religieux que son père était impie, en vertu peut-être du proverbe : *à père avare, enfant prodigue.*

L'abbé de San Lucar fut choisi par don Juan pour diriger les consciences de la duchesse de Belvidéro et de Philippe. Cet ecclésiastique était un saint homme, de belle taille, admirablement bien proportionné, ayant de beaux yeux noirs, une tête à la Tibère[3], fatiguée par les jeûnes, blanche de macérations[4], et journellement tenté — comme tous les solitaires. Le vieux seigneur espérait peut-être pouvoir encore tuer un moine[5] avant de finir son premier bail de vie. Mais, soit que l'abbé fût aussi fort que lui[6] ; soit que dona Elvire eût plus

---

1. Non au sens moral, mais au sens de maladresses, erreurs. Don Juan se promet de s'y prendre mieux que son père pour être sûr de bénéficier des bienfaits de l'élixir. **2.** Le renvoi à l'interpellation au lecteur sur l'héritage (fin du premier chapitre) est cette fois explicite. **3.** Cela peut indiquer qu'il porte les cheveux courts, comme cet empereur. Mais cette référence à un homme dont Suétone a énuméré les vices dans ses *Vies des douze Césars* a plutôt pour but de suggérer que l'abbé, tout « saint homme » qu'il paraisse, voudra séduire Elvire. **4.** Ce mot aujourd'hui peu usité désigne l'ensemble des pratiques de pénitence. **5.** Parce qu'il serait devenu l'amant de sa femme : don Juan ne croit donc sans doute pas qu'Elvire puisse rester « vertueuse » jusqu'à son veuvage (voir p. 69 et n. 6) ! **6.** L'expression est habilement ambiguë, car l'abbé de San Lucar peut être « fort » parce qu'il est réellement vertueux, ou « fort » parce qu'il devine les vrais sentiments de don Juan et se divertit à le décevoir.

de prudence ou de vertu que don Juan n'en accordait aux femmes, il fut contraint de passer ses derniers jours comme un vieux curé de campagne, sans scandale chez lui[1].

Parfois il prenait plaisir à trouver son fils ou sa femme en faute sur leurs devoirs de religion, et il exigeait impérieusement qu'ils exécutassent toutes les obligations imposées aux fidèles par la cour de Rome. Enfin il n'était jamais si heureux qu'en entendant le galant[2] abbé de San Lucar, dona Elvire et Philippe discutant un cas de conscience.

Cependant, malgré les soins prodigieux que le seigneur don Juan Belvidéro donnait à sa personne, les jours de la décrépitude arrivèrent ; et, avec cet âge de douleur, vinrent les cris de l'impuissance, d'autant plus déchirants que la force des souvenirs était plus féconde. Cet homme, chez lequel le dernier degré de la raillerie était d'engager les autres à croire aux lois et aux principes dont il se moquait, s'endormait le soir sur un — *peut-être !* Ce modèle du bon ton, ce duc, vigoureux dans une orgie, superbe dans les cours, gracieux auprès des femmes, dont il avait tordu les cœurs comme un paysan tord un lien d'osier, cet homme de génie avait une pituite[3] opiniâtre, une sciatique importune, une goutte brutale. Il voyait ses dents le quitter, comme à la fin d'une soirée, les dames les plus blanches, les mieux parées, s'en vont, une à une, laissant le salon désert et démeublé. Enfin ses mains hardies tremblèrent, ses jambes sveltes chancelèrent ; et, un soir, l'apoplexie lui pressa le cou de ses mains crochues et glaciales.

Depuis ce jour fatal, il devint morose et dur. Il accusait le dévouement de son fils et de sa femme, en prétendant parfois que leurs soins touchants et délicats ne lui étaient si tendrement prodigués que parce qu'il

---

1. Balzac s'amuse à nous montrer le vieil athée don Juan revêtant malgré lui la défroque du « curé de campagne » ; à cet égard le dénouement de la nouvelle peut être interprété comme une furieuse vengeance contre cette humiliation. **2.** Donc pas si « saint homme »... **3.** Vomissements glaireux, notamment le matin à jeun.

avait placé toute sa fortune en rentes viagères[1]. Elvire et Philippe versaient alors des larmes amères et redoublaient de caresses auprès du malicieux[2] vieillard, dont la voix cassée devenait affectueuse pour leur dire :

« Mes amis, ma chère femme, vous me pardonnez, n'est-ce pas ?... Je vous tourmente un peu ? — Hélas ! grand Dieu ! comment te sers-tu de moi pour éprouver ces deux célestes créatures ?... Moi, qui devrais être leur joie, je suis leur fléau !... »

Ce fut ainsi qu'il les enchaîna au chevet de son lit, leur faisant oublier des mois entiers d'impatience et de cruauté par une heure où, pour eux, il déployait les trésors toujours nouveaux de sa grâce et d'une fausse tendresse. Système paternel qui lui réussit infiniment mieux que celui dont son père avait usé jadis envers lui...

Enfin, il parvint à un tel degré de maladie que, pour le mettre au lit, il fallait le manœuvrer comme une felouque[3] entrant dans un chenal dangereux.

Puis le jour de la mort arriva. Ce brillant et sceptique personnage, dont l'entendement survivait seul à la plus affreuse de toutes les destructions, se vit entre un médecin et un confesseur — ses deux antipathies... Mais il fut jovial avec eux. N'y avait-il pas, pour lui, une lumière scintillante derrière le voile de l'avenir ? Et, sur cette scène diaphane, les légères et ravissantes délices de la jeunesse se jouaient comme des ombres.

Ce fut par une belle soirée d'été que don Juan sentit les approches de la mort. Le ciel de l'Espagne était d'une admirable pureté, les orangers parfumant l'air, les étoiles distillant de vives et fraîches lumières, la

---

1. Leur intérêt est donc qu'il meure le plus tard possible, car à sa mort ces rentes s'éteindront (c'est le contraire du système actuel de l'assurance-vie). Balzac oublie cependant ce qu'il a précisé plus haut : don Juan n'a placé en viager que la moitié de ses biens, l'autre restant enfouie dans son palais de Ferrare (voir p. 70). **2.** Au sens péjoratif : plein de malice, de ruse méchante. **3.** Petit deux-mâts rapide, étroit, à voiles et à bancs de rameurs, utilisé en Méditerranée. L'image est inattendue pour qualifier un vieillard presque paralysé.

nature semblait lui donner des gages certains de sa résurrection. Un fils pieux et obéissant le contemplait avec amour et respect. Vers onze heures, il voulut rester seul avec cet être candide.

« Philippe », lui dit-il d'une voix si tendre et si affectueuse que le jeune homme tressaillit et pleura de bonheur ; car jamais ce père inflexible n'avait prononcé ainsi — Philippe !...

« Écoute-moi, mon fils, reprit le moribond. Je suis un grand pécheur. Aussi ai-je pensé, pendant toute ma vie, à ma mort. Jadis je fus l'ami du grand pape Jules II [1]. Cet illustre pontife, ayant craint que l'excessive irritation de mes sens ne me fît commettre quelque péché mortel entre le moment où j'expirerais et celui où j'aurais reçu les saintes huiles [2], m'a fait présent d'une fiole dans laquelle existe l'eau sainte, jaillie autrefois, des rochers, dans le désert [3]. J'ai gardé le secret sur cette dilapidation du trésor de l'Église ; mais je suis autorisé à révéler ce mystère à mon fils, *in articulo mortis* [4]. Vous trouverez cette fiole dans le tiroir de cette table gothique, qui n'a jamais quitté le chevet de mon lit... Le précieux cristal pourra vous servir encore, mon bien-aimé Philippe... Mais jurez-moi, par votre salut éternel, d'exécuter ponctuellement mes ordres ?... »

Philippe regarda son père ; et don Juan se connaissait trop à l'expression des sentiments humains, pour ne pas mourir en paix sur la foi d'un tel regard.

---

1. Ce rappel de la conversation évoquée p. 67-68 souligne bien la perversité morale de don Juan, puisque, en contradiction avec la fable pieuse qu'il débite ici à son fils, nous l'avons vu se moquer avec « cet illustre pontife » de l'Éternité elle-même... **2.** L'extrême-onction, déjà évoquée p. 51. **3.** Philippe est vraiment « candide », s'il accepte de croire que la fiole contient fût-ce une goutte de l'eau que, sur l'ordre de Dieu, Moïse avait fait jaillir d'un rocher alors que les Hébreux se trouvaient dans le désert du Sinaï... quelque trois mille ans plus tôt (voir le Livre des Nombres, chap. XX, versets 2-13). **4.** Au moment de mourir. On emploie encore la traduction de ces mots latins (« être à l'article de la mort ») où le mot « article » a le même sens que lorsque l'on parle des articles d'une loi.

« Tu méritais un autre père !... reprit don Juan. J'ose t'avouer, mon enfant, qu'au moment où le respectable abbé de San Lucar m'administrait le viatique, je pensais à l'incompatibilité de deux puissances aussi étendues que celles du diable et de Dieu...

— Oh ! mon père...

— Et je me disais que quand Satan fera sa paix, il devra, sous peine d'être un grand misérable, stipuler le pardon de ses adhérents... Cette pensée me poursuit !... Alors j'irais en enfer, vois-tu, mon fils, si tu n'accomplissais pas mes volontés ?...

— Oh ! dites-les-moi promptement, mon père ?...

— Aussitôt que j'aurai fermé les yeux, reprit don Juan, dans quelques minutes peut-être, tu prendras mon corps, tout chaud même, et tu l'étendras sur une table, au milieu de cette chambre. Puis tu éteindras cette lampe ; car la lueur des étoiles doit te suffire... Tu me dépouilleras de mes vêtements ; et pendant que tu réciteras des *Pater* et des *Ave* en élevant ton âme à Dieu, tu auras soin d'humecter, avec cette eau sainte, mes yeux, mes lèvres, — toute la tête d'abord — et successivement les membres et le corps... Mais, mon cher fils, la puissance de Dieu est si grande qu'il ne faudra t'étonner de rien !... »

Ici, don Juan, qui sentit la mort venir, ajouta d'une voix terrible :

« Et tiens bien le flacon... »

Il expira doucement dans les bras d'un fils dont les larmes abondantes coulèrent sur sa face ironique [1] et blême.

Il était environ minuit quand don Philippe Belvidéro plaça le cadavre de son père sur la table ; et, après en avoir baisé le front menaçant et les cheveux gris, il éteignit la lampe. La lueur douce, produite par la clarté de la lune, dont les reflets bizarres illuminaient la campagne, permit au pieux Philippe d'entrevoir indistincte-

1. Adjectif ici employé dans son plein sens premier : cette face exprime la sainteté alors que don Juan est satanique.

ment le corps de son père : c'était quelque chose de blanc au milieu de l'ombre. Le jeune homme imbiba un linge dans la liqueur ; puis, plongé dans la prière, au milieu d'un profond silence, il oignit fidèlement cette tête sacrée[1]. Il entendait bien des frémissements indescriptibles, mais il les attribuait au jeu de la brise dans les cimes des arbres. Quand il eut mouillé le bras droit, il se sentit fortement étreindre le cou par un bras jeune et vigoureux : — c'était le bras de son père !... Il jeta un cri déchirant, et laissa tomber la fiole qui se cassa, la liqueur s'évapora. Tous les gens du château accoururent, armés de flambeaux. Ce cri les avait épouvantés et surpris, comme si la trompette du jugement dernier eût ébranlé l'univers. En un moment, la chambre fut pleine de monde.

La foule tremblante aperçut alors don Philippe évanoui ; mais retenu par le bras puissant de son père, qui lui tenait le cou... Puis, chose surnaturelle, l'assistance vit la tête de don Juan, aussi jeune, aussi belle que celle de l'Antinoüs[2], aux cheveux noirs, aux yeux brillants, à la bouche vermeille, s'agitant effroyablement sans pouvoir remuer le squelette auquel elle appartenait.

Un vieux serviteur imbécile cria : « Miracle !... »

Tous ces Espagnols superstitieux répétèrent : « Miracle !... »

Alors dona Elvire, trop pieuse pour admettre les mystères de la magie, envoya chercher l'abbé de San Lucar.

Lorsque le prieur contempla de ses yeux le miracle, il résolut d'en profiter en homme d'esprit et en abbé qui ne demandait pas mieux que d'augmenter ses revenus[3].

---

1. Le verbe « oindre » employé par Balzac rappelle le sacrement de l'extrême-onction qui a déjà été évoqué deux fois (p. 51 et p. 73), et souligne le caractère sacrilège de la scène. **2.** Le jeune amant grec de l'empereur Hadrien (IIe s. ap. J.-C.). **3.** Cette notation rend tout son sens au mot « abbé », qui désigne le bénéficiaire des revenus d'une abbaye, même s'il n'est pas lui-même prêtre (le cas était fréquent). Ici l'abbé est bien prêtre, mais nous sommes définitivement édifiés sur le « saint homme ».

Déclarant aussitôt que le seigneur don Juan serait infailliblement canonisé, il indiqua, pour le surlendemain, la cérémonie de l'apothéose[1] dans son couvent, — « qui désormais s'appellerait, dit-il, *San Juan de Lucar...* ».

À ces mots, la tête fit une grimace assez facétieuse.

Le goût des Espagnols pour ces sortes de solennités est si connu qu'il ne doit pas être difficile de croire aux féeries religieuses par lesquelles l'abbaye de San Lucar célébra la translation du *bienheureux don Juan Belvidéro* dans son église. Trois jours après la mort de cet illustre seigneur, le miracle de son imparfaite résurrection s'était si drûment[2] conté de village en village, dans un rayon de plus de cinquante lieues[3] autour de San Lucar, que ce fut déjà une comédie[4] que de voir les curieux par les chemins. Ils vinrent de tous côtés, affriandés par un *Te Deum*[5] chanté aux flambeaux.

L'antique mosquée du couvent de San Lucar, merveilleux édifice bâti par les Maures, et dont les voûtes entendaient depuis trois siècles le nom de Jésus-Christ substitué à celui d'Allah[6], ne put contenir toute la foule

---

1. La déification. L'apothéose était la cérémonie par laquelle, dans la religion romaine, un empereur défunt était déclaré dieu. Le choix de ce terme est encore une marque de satanisme blasphématoire. **2.** Si vigoureusement (littéralement : de façon si dense, si serrée ; l'adverbe choisi par Balzac suggère la force de cette rumeur de miracle). **3.** Environ deux cents kilomètres. **4.** Un spectacle. Mais Balzac joue sur le double sens du mot, qui fait de la cérémonie une mascarade, une réjouissance toute matérielle (d'ailleurs, juste après, le mot « affriandés » suggère la gourmandise sensuelle bien plus que la piété). **5.** Cantique traditionnel de remerciement à Dieu, surtout chanté après les victoires militaires, et désigné par ses premiers mots latins (« *Te Deum laudamus* » : Nous te louons, toi [notre] Dieu ; voir p. 79). **6.** Les rois catholiques avaient chassé les Maures de la plus grande partie de l'Andalousie dès le début du XIIIe siècle ; Grenade fut reconquise la dernière, en 1492. Il est visible que Balzac pense ici à la célèbre mosquée de Cordoue, splendeur des IXe et Xe siècles, christianisée et consacrée à Notre-Dame en 1236, puis éventrée et défigurée en 1523 par la construction, en son centre, d'un chœur gothique fermé, à l'espagnole (ce renvoi à Cordoue montre bien que l'écrivain ne pense à aucun San Lucar en particulier).

accourue pour voir la cérémonie. Pressés comme des fourmis, des hidalgos[1] en manteaux de velours, armés de leurs bonnes épées, se tenaient debout autour des piliers, n'ayant pas de place pour plier leurs genoux, qui ne se pliaient que là. Il y avait de ravissantes paysannes, dont les basquines[2] dessinaient les formes amoureuses ; des vieillards en cheveux blancs ; des jeunes gens aux yeux de feu ; des vieilles femmes parées ; puis des couples frémissant d'aise, fiancées curieuses amenées par leurs bien-aimés ; mariés de la veille, enfants se tenant craintifs par la main. Ce monde était là, riche de couleurs, brillant de contrastes, chargé de fleurs, émaillé[3], produisant de doux tumultes dans le silence de la nuit.

Les larges portes de l'église s'ouvrirent. Ceux qui, venus trop tard, restèrent en dehors, voyaient de loin, par les trois portails sculptés, une scène dont les décorations[4] vaporeuses de nos opéras modernes ne sauraient donner même une faible idée. Des dévotes et des pécheurs, pressés de gagner les bonnes grâces d'un nouveau saint, ayant allumé en son honneur des milliers de cierges dans cette vaste église, ces lueurs douces donnaient de magiques aspects au monument. Les noires arcades, les colonnes et leurs chapiteaux, les chapelles profondes et brillantes d'or et d'argent, les galeries, les découpures sarrasines[5], les traits les plus délicats de cette sculpture délicate, se dessinaient dans cette lumière surabondante, comme des figures

---

1. Nobles. C'est un des mots obligés de la couleur locale espagnole.
2. Même remarque pour « basquine », qui désigne à l'origine une jupe basque, mais plus généralement, à l'époque romantique, toute jupe très ornée d'apparence tant soit peu espagnole ; le mot sert aussi à désigner la jupe d'une danseuse de ballet lorsque son rôle est celui d'une paysanne.
3. Au sens ancien : orné de couleurs vives. **4.** Grandes toiles peintes qui servaient de fond de scène dans les théâtres. En 1830 on commence seulement à parler de « décors » ; le terme traditionnel et professionnel est « décorations ». **5.** Au Moyen Âge on appelait « Sarrasins » tous les peuples musulmans et notamment ceux auxquels se heurtèrent les croisés. L'adjectif « sarrasin » servait encore couramment au XIXe siècle à désigner les caractéristiques architecturales de l'art arabo-andalou.

capricieuses qui se forment dans un brasier rouge. C'était un océan de feux, dominé, au fond de l'église, par le chœur doré, d'où s'élevait le maître-autel, dont la gloire eût rivalisé avec celle d'un soleil levant. En effet, la splendeur des lampes d'or, des candélabres d'argent, des bannières, des glands[1], des saints et des *ex-voto* pâlissait devant la châsse où se trouvait don Juan. Le corps de l'impie étincelait de pierreries, de fleurs, de cristaux, de diamants, d'or, de plumes aussi blanches que les ailes d'un séraphin, et il remplaçait sur l'autel un tableau du Christ[2]. Autour de lui brillaient des cierges nombreux qui élançaient dans les airs de flamboyantes ondes.

Le luxurieux[3] abbé de San Lucar, paré des habits pontificaux, ayant sa mitre enrichie de pierres précieuses, son rochet, sa crosse d'or, siégeait, roi du chœur, sur un fauteuil d'un luxe impérial, au milieu de tout son clergé[4], composé d'impassibles vieillards en cheveux argentés, revêtus d'aubes fines et blanches, et qui l'entouraient, semblables aux saints confesseurs dont les peintres environnent l'Éternel. Le grand chantre

---

1. Éléments ornementaux, brodés ou tressés, et qui pendent d'un coussin, d'un chapeau, d'un dais de cérémonie, etc. **2.** « Sur » l'autel surprend, car on imaginerait plutôt la châsse (coffre vitré où est allongé le corps du « saint ») posée ailleurs, sur des tréteaux ou sur un socle. Mais Balzac a voulu renforcer l'effet de sacrilège en donnant à « l'impie » la place centrale du Christ lui-même. **3.** Cette fois le « saint homme » est tout à fait emporté dans le tourbillon satanique. En 1835, Balzac remplaça « le luxurieux abbé » par « le bon abbé » : correction (ironique, espérons-le) conforme à l'effort de moralité apparente qui marque cette édition Werdet (cf. la suppression des allusions à Alexandre Borgia). **4.** Les supérieurs de certaines grandes abbayes avaient droit aux signes distinctifs des évêques lorsqu'ils présidaient des cérémonies : la haute coiffure à deux pointes (la mitre), le surplis à manches étroites (le rochet) et le grand bâton à bout recourbé (la crosse) ; quant à l'adjectif « pontifical », qui signifie « propre aux pontifes » (le mot vient de la religion romaine), il s'applique certes en principe à tous les hauts dignitaires catholiques, mais plus souvent au seul « souverain pontife », c'est-à-dire au pape lui-même (cf. l'adverbe « pontificalement » à propos de Jules II, p. 68-69). Tous ces détails, ainsi que ceux signalés à la note suivante, contribuent à donner à l'abbaye de San Lucar et à son abbé une dimension exagérée, excessivement orgueilleuse.

et les dignitaires du chapitre[1], décorés des brillants insignes de leurs vanités ecclésiastiques, allaient et venaient au sein des nuages formés par l'encens, pareils à des astres roulant sur un firmament.

Quand l'heure du triomphe fut venue, les cloches réveillèrent tous les échos de la campagne, et cette immense assemblée jeta vers Dieu le premier cri de louanges par lequel commence le *Te Deum*. Quel cri sublime ! C'étaient des voix pures et légères, des voix de femmes en extase, mêlées aux voix graves et fortes des hommes, des milliers de voix, si puissantes que l'orgue n'en domina pas l'ensemble malgré le mugissement de ses tuyaux... Seulement les notes perçantes de la jeune voix des enfants de chœur et les larges accents de quelques basses-tailles[2] suscitèrent des idées gracieuses, peignirent l'enfance et la force, dans ce ravissant concert de voix humaines confondues en un sentiment d'amour...

Te Deum laudamus !

Du sein de cette cathédrale noire de femmes et d'hommes agenouillés, ce chant partit semblable à une lumière qui scintille tout à coup dans la nuit, et le silence fut rompu comme par un coup de tonnerre. Les voix montèrent avec les nuages d'encens qui jetaient alors des voiles diaphanes et bleuâtres sur les fantastiques merveilles de l'architecture... Tout était richesse, parfum, lumière et mélodie...

Au moment où cette musique d'amour et de reconnaissance s'élança vers l'autel, don Juan, trop poli pour ne pas remercier, trop spirituel pour ne pas entendre raillerie, répondit par un rire effrayant, et se prélassa dans sa châsse.

Mais le diable lui fit bientôt penser à toutes les chances qu'il courait d'être un homme ordinaire, un

---

1. Chapitre : ensemble des chanoines d'une cathédrale ; grand chantre : maître de chœur dans une cathédrale. **2.** Basse-taille : voix de basse (le mot « taille » désignait autrefois la voix de ténor).

saint, un Boniface[1], un Pantaléon[2]. Alors il rugit, et, à cette mélodie d'amour, il mêla un hurlement auquel se joignirent les mille voix de l'enfer[3]. La terre bénissait, et le ciel maudissait. L'église en trembla sur ses vieux fondements antiques...

« *Te Deum laudamus !* disait l'assemblée.

— Allez à tous les diables, bêtes brutes que vous êtes ! Dieu !... Dieu ?... Carajos demonios[4]... animaux... »

Et un torrent d'imprécations se déroula comme un ruisseau de laves brûlantes par une irruption[5] du Vésuve.

« *Deus sabaoth, sabaoth*[6] *!* crièrent les chrétiens.

— Vous insultez la majesté de l'enfer ! » répondit don Juan, dont la bouche grinçait des dents.

Bientôt le bras vivant put passer par-dessus la châsse, et menaçant du poing l'assemblée, il fit des gestes de désespoir et d'ironie.

« Comme le saint nous bénit !... » dirent les vieilles femmes, les enfants et les fiancés, gens crédules.

Voilà comment nous sommes souvent trompés dans nos adorations. L'homme supérieur se moque de ceux qui le complimentent, comme Louis XVIII sur son balcon maudissait les Parisiens sur lesquels il régnait trop

---

1. Deux Boniface ont été canonisés : le pape Boniface Ier (ve siècle) et un moine bénédictin saxon, évangélisateur de la Pologne au début du XIe siècle. Mais surtout, « un boniface », c'est un niais, un doux imbécile. **2.** Même remarque : saint Pantaléon fut martyr sous l'empereur Dioclétien, vers 303 ; mais surtout Pantaleone (Pantalon) est le type du vieillard dupé dans la *commedia dell'arte* (d'où : pantalonnade). **3.** Thème faustien typiquement romantique, illustré aussi par la musique (notamment Méphisto et les voix de l'enfer dans *La Damnation de Faust* de Berlioz). **4.** Injure obscène d'une étonnante violence (littéralement « démons enculés »). La *Revue de Paris* imprime « carajo » au singulier ; nous corrigeons. **5.** Le *Grand Dictionnaire* de Pierre Larousse rappelle nettement, à l'article « Éruption », que parler d'une « irruption volcanique » est une faute de langue. Balzac n'a cependant corrigé dans aucune des éditions successives du texte. **6.** « Dieu des armées » (mot hébreu figurant à la messe dans le chant du *Sanctus*).

tard, tout en leur adressant des compliments affectueux[1].

Au moment où l'abbé, prosterné devant l'autel, chantait :

« *Sancte Joannes, ora pro nobis !* »

il entendit assez distinctement : « *O coglione*[2]... »

« Que se passe-t-il donc là-haut[3] ? s'écria le sous-prieur en voyant la châsse remuer.

— Le saint fait le diable », répondit l'abbé.

Alors cette tête vivante se détacha violemment du corps qui ne vivait plus et tomba sur le crâne jaune de l'officiant.

« Souviens-toi de dona Elvire », cria la tête en dévorant celle de l'abbé.

Ce dernier jeta un cri affreux qui troubla la cérémonie. Tous les prêtres accoururent et entourèrent leur souverain[4].

« Imbécile, dis donc qu'il y a un Dieu ? » cria la voix au moment où l'abbé, mordu dans sa cervelle, allait expirer.

Ce fut le premier religieux qui mourut bicéphale.

Nous pouvons tirer de ce mythe plusieurs moralités intéressantes. D'abord... Mais... continuez sans l'auteur[5].

---

1. Cette allusion au retour, en 1814, du vieux Louis XVIII, roi connu par ailleurs pour son indifférence religieuse, est supprimée à partir de l'édition Werdet, où le texte devient plus platement : « L'homme supérieur se moque de ceux qui le complimentent, et complimente quelquefois ceux dont il se moque du fond du cœur » (« Bibl. de la Pléiade », t. XI, p. 495). **2.** « Couillon », en italien : violente réaction de don Juan lorsqu'il entend qu'on l'invoque sous le nom de « saint Jean »... **3.** « Là-haut », parce que la châsse est, on l'a vu, « sur » l'autel, et parce que, dans la disposition liturgique ancienne, l'autel d'une église est surélevé de plusieurs marches par rapport au reste du chœur ; mais il y a aussi un effet humoristique sur « là-haut » au sens du ciel, du paradis. **4.** Le terme est impropre, mais rappelle les mots « roi » et « impérial » employés p. 78. **5.** Les deux derniers paragraphes (et notamment le trait d'humour noir sur le mort bicéphale) sont supprimés à partir de l'édition Werdet de 1835 ; dans cette édition et dans l'édition Furne le texte finit donc aux mots « allait expirer ».

ANNEXE

Texte de la dédicace « Au lecteur » dans l'édition Furne de *L'Élixir de longue vie* (1846)

Au début de la vie littéraire de l'auteur, un ami, mort depuis longtemps, lui donna le sujet de cette Étude, que plus tard il trouva dans un recueil publié vers le commencement de ce siècle ; et, selon ses conjectures, c'est une fantaisie due à Hoffmann de Berlin, publiée dans quelque almanach d'Allemagne, et oubliée dans ses œuvres par les éditeurs. *La Comédie humaine* est assez riche en inventions pour que l'auteur avoue un innocent emprunt ; comme le bon La Fontaine, il aura traité, d'ailleurs à sa manière, et sans le savoir, un fait déjà conté [1]. Ceci ne fut pas une de ces plaisanteries à la mode en 1830, époque à laquelle tout auteur [2] *faisait de l'atroce* pour le plaisir des jeunes filles. Quand vous serez arrivé à l'élégant parricide de don Juan, essayez de deviner la conduite que tiendraient, en des conjonctures à peu près semblables, les honnêtes gens qui, au dix-neuvième siècle, prennent de l'argent à rentes viagères, sur la foi d'un catarrhe, ou ceux qui louent une maison à une vieille femme pour le reste de ses jours ? Ressusciteraient-ils leurs rentiers ? Je désirerais que des peseurs-jurés de conscience examinassent quel degré de similitude il peut exister entre don Juan et les pères qui marient leurs enfants à cause *des espérances* ? La société humaine, qui marche, à entendre quelques philosophes, dans une voie de progrès, considère-t-elle comme un pas vers le bien l'art d'attendre les trépas ? Cette science a créé des métiers honorables, au moyen desquels on vit de la mort. Certaines personnes ont pour état d'espérer un

---

1. Sur les sources de la nouvelle, voir la Préface, p. 8 (et, pour plus de détails, la Bibliographie, p. 94). **2.** Balzac « rejoint » ici son texte de 1830, mais la suite montre que c'est pour y apporter encore bien des modifications (cf. p. 58-61).

décès, elles le couvent, elles s'accroupissent chaque matin sur un cadavre, et s'en font un oreiller le soir : c'est[1] les coadjuteurs, les cardinaux, les surnuméraires, les tontiniers, etc. Ajoutez-y beaucoup de gens délicats, empressés d'acheter une propriété dont le prix dépasse leurs moyens, mais qui établissent logiquement et à froid les chances de vie qui restent à leurs pères ou à leurs belles-mères, octogénaires ou septuagénaires, en disant : « Avant trois ans j'hériterai nécessairement, et alors... » Un meurtrier nous dégoûte moins qu'un espion. Le meurtrier a cédé peut-être à un mouvement de folie, il peut se repentir, s'ennoblir. Mais l'espion est toujours espion ; il est espion au lit, à table, en marchant, la nuit, le jour ; il est vil à toute minute. Que serait-ce donc d'être meurtrier comme un espion est vil ? Hé bien, ne venez-vous pas de reconnaître au sein de la société une foule d'êtres amenés par nos lois, par nos mœurs, par les usages, à penser sans cesse à la mort des leurs, à la convoiter ? Ils pèsent ce que vaut un cercueil en marchandant des cachemires pour leurs femmes, en gravissant l'escalier d'un théâtre, en désirant aller aux Bouffons, en souhaitant une voiture. Ils assassinent au moment où de chères créatures, ravissantes d'innocence, leur apportent, le soir, des fronts enfantins à baiser en disant : « Bonsoir, *père !...* » Ils voient à toute heure des yeux qu'ils voudraient fermer, et qui se rouvrent chaque matin à la lumière, comme celui de Belvidéro dans cette Étude. Dieu seul sait le nombre des parricides qui se commettent par la pensée ! Figurez-vous un homme ayant à servir mille écus de rentes viagères à une vieille femme, et qui, tous deux, vivent[2] à la campagne, séparés par un ruisseau, mais assez étrangers l'un à l'autre pour pouvoir se haïr cordialement sans manquer à ces convenances humaines qui mettent un masque sur le visage de deux frères dont l'un aura le majorat, et l'autre une légitime[3]. Toute la civilisation européenne repose sur l'hérédité comme sur un pivot, ce serait folie que de le supprimer ; mais ne pourrait-on, comme dans les machines qui font l'orgueil de notre Âge, perfectionner ce rouage essentiel ?

---

1. Dans les éditions définitives de ses textes anciens, Balzac corrige toujours « ce sont » (suivi de mots au pluriel) en « c'est ». **2.** Balzac a modifié, mais non corrigé sa phrase (voir p. 60 et n. 4). **3.** Majorat : part inaliénable de l'aîné lors de l'héritage. Légitime : part minimale prévue par la loi, et dont le cadet doit se contenter.

Si l'auteur a conservé cette vieille formule AU LECTEUR dans un ouvrage [1] où il tâche de représenter toutes les formes littéraires, c'est pour placer une remarque relative à quelques Études, et surtout à celle-ci. Chacune de ses compositions est basée sur des idées plus ou moins neuves, dont l'expression lui semble utile, il peut tenir à la priorité de certaines formes, de certaines pensées qui, depuis, ont passé dans le domaine littéraire, et s'y sont parfois vulgarisées. Les dates de la publication primitive de chaque Étude ne doivent donc pas être indifférentes à ceux des lecteurs qui voudront lui rendre justice [2].

La lecture nous donne des amis inconnus, et quel ami qu'un lecteur ! nous avons des amis connus qui ne lisent rien de nous ! l'auteur espère avoir payé sa dette en dédiant cette œuvre DIIS IGNOTIS [3].

---

1. *La Comédie humaine* (toujours considérée par Balzac comme un livre unique). Les deux derniers paragraphes de cette dédicace de 1846 sont des ajouts. **2.** Paragraphe assez embarrassé par lequel, plus de quinze ans après, Balzac excuse la forme « démodée » de ce conte, très marqué, en effet, par la date de sa « publication primitive », comme j'ai essayé de le montrer dans la Préface, p. 16. **3.** « Aux dieux inconnus ». L'expression vient de la Bible (Actes des Apôtres, chap. XVII, versets 22-23), mais elle est employée ici sans connotation religieuse, dans le sens de : « Aux inconnus [que sont les lecteurs] ».

Repères chronologiques

1799 — *20 mai* : naissance à Tours d'Honoré Balzac. Son père, Bernard-François Balssa, né en 1746 dans la région d'Albi, aîné d'une famille de laboureurs, se fait appeler Balzac depuis 1776 ; il est directeur de l'administration des vivres pour la région militaire de Tours. Sa mère, Anne-Charlotte-Laure Sallambier, est née à Paris en 1778 dans un milieu de commerçants.

1800 — *29 septembre* : naissance de Laure Balzac.

1802 — *18 avril* : naissance de Laurence Balzac.

1807 — *Juin* : Honoré, qui a vécu chez une nourrice jusqu'à l'âge de deux ans, puis en pension à Tours, devient interne au collège des Oratoriens à Vendôme. Il y reste, sans rentrer chez lui, jusqu'en 1813 ; durant cette période, sa mère vient le voir deux fois. — *21 décembre* : naissance d'Henri, le dernier fils des Balzac, probablement adultérin.

1813 — *22 avril* : Honoré quitte d'urgence le collège de Vendôme, semble-t-il pour surmenage. Il entre alors en pension à Paris et continue à ne pas vivre dans sa famille.

1816 — *Novembre* : Honoré, bachelier, s'inscrit en droit et, jusqu'en *mars 1818*, travaille comme clerc chez l'avoué Guillonnet-Merville.

1818 — *Avril* : il entre comme clerc chez le notaire Passez et y reste jusqu'en *juin 1819* tout en continuant son droit.

1819 — *Début août* : Honoré, qui a renoncé à la carrière juridique, s'installe seul dans une mansarde rue Lesdiguières. Il y accumule projets et ébauches philosophiques et littéraires.

1820 — Balzac achève une tragédie en vers, *Cromwell*, et travaille sans les terminer à un roman dans le genre de Walter Scott, *Falthurne*, puis à un roman par lettres, *Sté-*

nie, ou les Erreurs philosophiques. — *18 mai* : mariage de sa sœur Laure avec Eugène Surville.

1821 — *Mai* : Balzac s'associe avec le littérateur Lepoitevin de l'Égreville pour écrire et publier plusieurs romans. — *1er septembre* : Laurence Balzac épouse Amand-Désiré de Montzaigle.

1822 — *L'Héritière de Birague*, *Jean-Louis*, *Clotilde de Lusignan*, *Le Centenaire*, *Le Vicaire des Ardennes* paraissent sous pseudonyme. Début de la liaison d'Honoré avec Mme de Berny, de vingt-deux ans son aînée.

1823 — *La Dernière Fée.*

1824 — Débuts journalistiques. — *Mai* : *Annette et le criminel* [*Argow le pirate*].

1825 — *Mars* : *Code des gens honnêtes*, brochure anonyme. — *Avril* : Balzac se lance, en collaboration, dans l'édition et la gravure. — *11 août* : Laurence meurt à vingt-trois ans, après quatre ans de vie conjugale malheureuse. — *Septembre* : publication anonyme de *Wann-Chlore*, dernière des œuvres dites « romans de jeunesse ».

1826 — *Juin* : Balzac obtient son brevet d'imprimeur.

1827 — *Juillet* : Balzac ajoute imprudemment à son activité d'imprimeur celle de fondeur de caractères.

1828 — *Avril* : à court d'argent, Balzac laisse sa fonderie à un des fils de Mme de Berny, Alexandre (grâce auquel elle devint prospère). — *Août* : Balzac cède son imprimerie à son associé Barbier. Ce double échec, allégé pourtant par la générosité de Mme de Berny qui ne réclame pas l'argent que son amant lui a emprunté, laisse à Balzac une dette équivalant à environ deux cent mille euros. Son principal créancier est sa propre mère. — *Septembre-octobre* : retour à la littérature ; pour écrire son roman historique *Le Gars* [*Les Chouans*], Balzac séjourne à Fougères.

1829 — Publication des premières œuvres de la future *Comédie humaine* : *Les Chouans* (signés « Honoré Balzac », *avril*) et *Physiologie du mariage* (anonyme, *décembre*). — *19 juin* : mort du père, âgé de quatre-vingt-trois ans. — *Octobre* : Balzac rédige *El Verdugo*.

1830 — Intense activité journalistique. — *28 janvier* : publication dans *La Mode* d'*El Verdugo*, présenté comme le premier élément d'une série de *Souvenirs soldatesques*. — *Avril* : publication chez Louis Mame des six premières *Scènes de la vie privée* ; le premier volume contient notamment *Les Dangers de l'inconduite* [*Gobseck*] ; le second, *Gloire et malheur* [*La Maison du Chat-qui-pelote*] et *La Femme vertueuse* [*Une double famille*]. — *15 mai* et *5 juin* : publication dans *La Mode* d'*Adieu*, second des *Souvenirs soldatesques* (la série s'interrompt là). — *Mai-août* : séjours en Touraine et voyage sur la Loire jusqu'en Bretagne avec Mme de Berny. — *30 septembre* : début de l'importante série des *Lettres sur Paris*, dans le journal *Le Voleur* (dix-neuf jusqu'au *31 mars 1831*). — *24 octobre* : début de la collaboration de Balzac à la *Revue de Paris* par la publication de *L'Élixir de longue vie*.

1831 — *Janvier* : début de la collaboration de Balzac à la *Revue des Deux Mondes* : pendant quelques mois, il figure simultanément au sommaire des deux périodiques à la mode. — *1er août* : publication remarquée de *La Peau de chagrin*. — *Septembre* : Gosselin publie les *Romans et contes philosophiques*, contenant la deuxième édition de *La Peau de chagrin* et douze nouvelles (déjà publiées en revue), dont les deux contenues dans ce volume et *Le Chef-d'œuvre inconnu*, texte capital sur le grand peintre et le mystère de son art.

1832 — *Février-mars* : *La Transaction* [*Le Colonel Chabert*], dans *L'Artiste*. — *Avril* : première série des *Contes drolatiques* imités de la langue et de la manière de Rabelais. — *Mai* : premiers échanges épistolaires avec Mme Hanska. — *Mai* : *Les Célibataires* [*Le Curé de Tours*]. — *Septembre* : *La Femme abandonnée*, dans la *Revue de Paris*.

1833 — *Janvier* : première édition de *Louis Lambert*, roman largement autobiographique, ensuite augmenté et remanié. — *Septembre* : *Le Médecin de campagne*. — *25 septembre* : première rencontre avec Mme Hanska en Suisse. — *Décembre* : les deux premiers des douze volumes des *Études de mœurs au* XIXe *siècle*, préfiguration d'une part importante de *La Comédie humaine*, sont publiés chez Mme Béchet : ils contiennent l'édition originale d'*Eugénie Grandet*.

1834 — *26 janvier* : à Genève, le « jour inoubliable » (début de la liaison avec Mme Hanska). — *Mars* : *Histoire des Treize* (*Ferragus*, *La Duchesse de Langeais* et *La Fille aux yeux d'or* [sauf la fin, publiée ensuite]). — *Septembre* : *La Recherche de l'Absolu*. — *Décembre* : Werdet commence à publier les *Études philosophiques*. — *Décembre* : début de la publication du *Père Goriot* dans la *Revue de Paris* ; Balzac y inaugure le principe du retour des personnages, qu'il appliqua ensuite aux rééditions d'un certain nombre de ses œuvres plus anciennes.

1835 — *Janvier-février* : fin de la prépublication du *Père Goriot* dans la *Revue de Paris* ; le roman paraît en librairie en mars, précédé d'une importante préface. — *Mai-juin* : séjour à Vienne auprès de Mme Hanska. — *Octobre* : dernier séjour chez Mme de Berny, qui meurt l'été suivant. — *Décembre* : *Séraphîta*. — *24 décembre* : Balzac prend le contrôle de la *Chronique de Paris*.

1836 — *Mi-juillet* : Balzac abandonne la direction de la *Chronique de Paris*, où il a publié plusieurs de ses œuvres (dont *L'Interdiction*) en laissant près de 50 000 francs de dettes. — *Juillet* : *Le Lys dans la vallée*. — *Août* : voyage à Turin, en partie pour échapper aux créanciers. — *Octobre-novembre* : publication par épisodes de *La Vieille Fille* dans *La Presse* d'Émile de Girardin : c'est le premier « roman-feuilleton » de l'histoire de la presse quotidienne.

1837 — *Février* : première partie d'*Illusions perdues*. — *Février-avril* : second voyage en Italie. — *Septembre* : Balzac aggrave son endettement en achetant une maison à Sèvres, « Les Jardies ». — *Décembre* : troisième série de dix *Contes drolatiques*, la dernière publiée alors que Balzac espérait en écrire dix. — *Décembre* : *César Birotteau*.

1838 — *Fin février* : bref mais important séjour chez George Sand, à Nohant. — *Mars-avril* : expédition inutile en Sardaigne (Balzac espérait s'enrichir dans des mines de plomb argentifère). Retour par l'Italie. — *Juillet* : emménagement aux Jardies. — *Septembre* : chez Werdet, *La Maison Nucingen* et *La Torpille* (début de *Splendeurs et misères des courtisanes*).

1839 — *Mai* : *Traité des excitants modernes*. — *Juin* : *Un grand homme de province à Paris* (*Illusions perdues*, II). — *Août* : *Une fille d'Ève*. — *Novembre* : *Béatrix* (sauf la fin).

1840 — *14 mars* : création et interdiction immédiate, pour raisons politiques, de la pièce *Vautrin* (théâtre de la Porte-Saint-Martin). — *Juillet-septembre* : Balzac rédige presque seul et publie la *Revue parisienne*. Le premier numéro contient *Z. Marcas*, importante nouvelle politique, le troisième et dernier les « Études sur M. Beyle », article capital sur *La Chartreuse de Parme*. — *Septembre* : saisie immobilière des Jardies. Balzac s'installe dans le village de Passy (actuelle Maison de Balzac). — *Octobre* : *Pierrette*.

1841 — *Mars* : *Le Curé de village*. — *2 octobre* : signature avec Furne et ses associés du contrat pour la publication de *La Comédie humaine*, dont l'organisation générale en *Études de mœurs*, *Études philosophiques* et *Études analytiques* est désormais définitive. — *Novembre* : décès de M. Hanski (Balzac l'apprend en *janvier 1842*).

1842 — *Janvier* : *Mémoires de deux jeunes mariées*. — *Mars* : *Ursule Mirouët*. — *Mars* : échec relatif de la pièce *Les Ressources de Quinola*. — *Juin* : tome I de *La Comédie humaine*. — *Septembre* : tomes II et III. Le tome II contient *La Femme de trente ans*, roman constitué de textes publiés séparément de 1831 à 1834.

1843 — *Mars* : *Une ténébreuse affaire*. — *Avril, mai, juillet* : tomes V, VI et VIII de *La Comédie humaine*. — *Juillet* : *La Muse du département*. — *Fin juillet-début octobre* : séjour à Saint-Pétersbourg auprès de Mme Hanska, que Balzac n'avait pas revue depuis 1835.

1844 — *Mars* : *David Séchard* [*Les Souffrances de l'inventeur*] (*Illusions perdues*, III). — *Juin* : *Un début dans la vie*, *La Fausse Maîtresse*. — *Juillet* : Balzac établit le catalogue des œuvres qui composeront *La Comédie humaine* (125, dont 40 à écrire). — *Août* : *Splendeurs et misères des courtisanes* (sauf la fin). — *Septembre* : *Sur Catherine de Médicis* (commencé en 1830). Tomes VII, IX, X et début du tome XI de *La Comédie humaine*. — *Octobre* : *Honorine*. — *Novembre* : *Modeste Mignon*.

1845 — *Mai* : fin de *Béatrix*. — *Mai-août, octobre, novembre* : voyages avec Mme Hanska en Allemagne, France, Italie. — Balzac travaille peu, se consacrant aux corrections de *La Comédie humaine* dont la mise en vente prend du retard.

1846 — *Mars-mai* : nouveau voyage en Italie, Suisse et Allemagne avec Mme Hanska. — *28 septembre* : Balzac achète rue Fortunée (actuelle rue Balzac) l'hôtel où il compte s'installer lorsqu'il aura épousé Mme Hanska. — *Août-novembre* : achèvement, dans le désordre, de la publication des seize volumes de *La Comédie humaine*. *El Verdugo* et *L'Élixir de longue vie* figurent au tome XV.

— *Octobre-décembre* : *La Cousine Bette*, en feuilleton dans *Le Constitutionnel*.

1847 — *Février-mai* : séjour de Mme Hanska à Paris. — *Mars-mai* : *Le Cousin Pons*, en feuilleton dans *Le Constitutionnel*. — *Juillet* : *La Dernière Incarnation de Vautrin* (fin de *Splendeurs et misères des courtisanes*). — *Septembre* : Balzac arrive chez Mme Hanska en Ukraine et y demeure jusqu'à la fin de *janvier 1848*.

1848 — *Février* : Balzac, de retour à Paris, assiste, consterné, à la révolution. — *Mai* : *La Marâtre*, seul succès théâtral (relatif à cause des événements) remporté par Balzac de son vivant. — *Septembre* : Balzac repart à nouveau pour Wierzchownia (résidence de Mme Hanska), tandis que paraît en feuilleton la fin de son dernier roman achevé, *L'Envers de l'histoire contemporaine*. — *Octobre* : *Les Parents pauvres* (*La Cousine Bette* et *Le Cousin Pons*, non prévus dans le catalogue de 1844) forment le tome XVII de *La Comédie humaine*.

1849 — Balzac, malade, passe l'année avec Mme Hanska sans regagner Paris. Il n'écrit plus.

1850 — *14 mars* : Balzac épouse Mme Hanska en Ukraine. — *Mai* : après un voyage épouvantable, les époux arrivent à Paris ; le romancier s'affaiblit très rapidement. — *18 août* : Balzac meurt peu avant minuit. Son dernier visiteur a été Hugo, qui l'a trouvé inconscient. Balzac laisse inachevées des dizaines d'œuvres, dont *Les Paysans*, *Le Député d'Arcis*, *Les Petits Bourgeois*. Il n'a pu voir non plus sa pièce *Mercadet*, écrite en 1840 pour Frédérick Lemaître, et qui fut créée en 1851 dans un texte défiguré par Dennery.

Bibliographie

Sur le contexte général de publication des deux œuvres

Roland CHOLLET, *Balzac journaliste. Le tournant de 1830*, Klincksieck, 1983 ; dans cette étude fondamentale on se reportera spécialement aux chapitres V, « *La Mode* : les expériences d'un écrivain journaliste », p. 221-277 (sur *El Verdugo*, p. 260-261), et XI, seconde partie, « Pour un autre journalisme : la publication en revue », p. 536-580 (sur *L'Élixir de longue vie*, p. 546, 559, 565 et *passim*).

Jean-Louis DÉGA, *La Vie prodigieuse de Bernard-François Balssa*, Rodez, Éd. Subervie, 1998. Pour l'étude des rapports entre le père et le fils, notamment durant la période 1824-1828.

Sur *El Verdugo*

Wayne CONNER, « The genesis of Balzac's *El Verdugo* », *Leuvense Bijdragen* [revue de l'Université de Louvain], t. XLVI, 1956-1957, p. 135-139. (Cet article en complète un autre, publié dans la même revue en 1927, au sujet, à Gand, d'une statue du XIVe siècle représentant l'exécution d'un père par son fils ; c'est Samuel-Henry Berthoud, écrivain cambraisien, ami de Balzac, qui lui aurait parlé de cette statue.)

Pierre CITRON, Introduction, notice et notes pour *El Verdugo*, dans *La Comédie humaine*, édition dirigée par Pierre-Georges Castex, Gallimard, « Bibliothèque de la Pléiade », t. X, 1979, p. 1123-1131 et p. 1814-1821.

Sur *L'Élixir de longue vie*

Pierre-Georges CASTEX, *Le Conte fantastique en France de Nodier à Maupassant*, José Corti, 1951 (sur *L'Élixir de longue vie*, p. 194-198).

Élisabeth TEICHMANN, « Une source inconnue de *L'Élixir de longue vie* », *Revue de littérature comparée*, t. XXIX, 1955, p. 536-538.

Bruce TOLLEY, « The source of Balzac's *Élixir de longue vie* », *ibid.*, t. XXXVII, 1963, p. 91-97 (rectifie et complète l'article précédent).

BALZAC, *La Vieillesse de don Juan* [1830], dans *Théâtre*, éd. René Guise, Bibliophiles de l'Originale, t. XXI, 1969, p. 247-249 (notice de René Guise sur ce projet de pièce, p. 573-575).

René GUISE, « Balzac lecteur des *Élixirs du diable* », *L'Année balzacienne 1970*, p. 57-67.

Bernard GUYON, « Le don Juan de Balzac », *L'Année balzacienne 1977*, p. 9-28.

René GUISE, Introduction, notice et notes pour *L'Élixir de longue vie*, dans *La Comédie humaine*, édition dirigée par Pierre-Georges Castex, Gallimard, « Bibliothèque de la Pléiade », t. XI, 1980, p. 461-472 et p. 1424-1439.

Pierre BRUNEL, « Variations balzaciennes sur don Juan », *L'Année balzacienne 1996*, p. 73-94.

Table

Préface, par Patrick Berthier 7

El Verdugo 25

L'Élixir de longue vie 41
I. Festin 43
II. Fin 63

Annexe. Texte de la dédicace « Au lecteur »
dans l'édition Furne de *L'Élixir de longue vie* 83

Repères chronologiques 87

Bibliographie 93

PAPIER À BASE DE FIBRES CERTIFIÉES

Le Livre de Poche s'engage pour l'environnement en réduisant l'empreinte carbone de ses livres. Celle de cet exemplaire est de :
150 g éq. CO_2
Rendez-vous sur www.livredepoche-durable.fr

Composition réalisée par NORD COMPO

Achevé d'imprimer en décembre 2019 en Espagne par
Liberdúplex
Dépôt légal 1re publication : août 2003
Édition 07 – décembre 2019
LIBRAIRIE GÉNÉRALE FRANÇAISE – 21, rue du Montparnasse – 75298 Paris Cedex 06

31/9315/8